紙屋ふじさき記念館

麻の葉のカード

角川文庫
22045

目次

Kamiya Fujisaki
Kinenkan

第一話　麻の葉のカード

1

そもそものはじまりは叔母からの誘いだった。

四月はじめの土曜日のこと。その日は叔母、今村紫乃の誕生日で、母と三人、家の近くのイタリア料理店で食事会をしていた。

母、吉野冬海は編集者。仕事で出会った十五歳も年上の作家・吉野雪彦と結婚して、わたしを産んだ。

だが、わたしが小学生のときに父が事故で他界。働きながらひとりで子どもを育てるのは至難の業だ。祖父母は長野県の飯田に住んでいて頼れない。というわけで、東京でひとり暮らしをしていた紫乃叔母さんと同じマンションに引っ越したのだ。

叔母は独身で、奥沢から自由ケ丘に向かう道沿いに「日日草」という小さな器の店をかまえている。

わたしたちが住むマンションは奥澤神社の横の道を少し行ったところにあり、店からは徒歩二、三分。母の帰りが遅い日は叔母の店に寄り、よくいっしょに夕食をとった。

現実的な母とくらべて、叔母はおおらかで、細かいことにこだわらない。宿題しろ、みたいなことはまったく言わないから、いっしょにいて気が楽だった。

客商売をしているせいか、はなやかで話もうまい。映画や美術館、展覧会にも連れて行ってくれる。わたしにとっては叔母というより、気さくな姉のような存在だった。

食事会が終わるころ、叔母がリーフレットを取り出し、わたしたちの前に置いた。

——今度、紙小物のイベントがあるの。仕事でお世話になってる人が出店するみたいで、案内をもらったんだけど、いっしょに行かない？

紙小物のイベント？　なんだろう、と思って目を落とす。表紙には「東京紙こもの市」と書かれている。なかを開くと、レターセットにポストカード、ポチ袋、小箱、マスキングテープに包装紙……おしゃれな品々の写真がならんでいた。

これは……かわいい。思わずごくりと唾（つば）を呑（の）む。

かわいい。かわいすぎる。

——ああ、紙こもの市？　いま話題よね。会社でも前の回のとき取材に行った人がいて……。あそこは危険な場所だ、信じられないほど散財した、って。

母が笑いながら言った。母は書籍の編集が仕事で、その人も以前は同じ部署にいたが、いまは女性向けのライフスタイルマガジンの部署にいるらしい。文化や生活に重きを置いた内容なので、展覧会やこうしたイベントにもくわしいらしかった。

それにしても、危険？　散財？　こんなにかわいいものがならんでいたら、どれもほしくなってしまうのはわかる。だが、わたしのような学生ではなく、母の会社の人が散財というからにはそれなりの額のはずだ。紙小物でそんなに？

——そもそもこれ、どんなイベントなの？　どういう人が出店しているの？

わたしは叔母に訊いた。

——紙クリエイターやデザイナー、紙メーカー、雑貨店に文具店、出版社、印刷所にヴィンテージ系……。参加者はいろいろみたいね。

リーフレットを見ながら叔母がつぶやく。

——紙クリエイター？　ヴィンテージ系？

デザイナーや紙メーカー、出版社、印刷所、文具店というのはわかる。だが、紙クリエイターというのは聞いたことがなかったし、ヴィンテージ系というのも、古いものってことなんだろうけど、よくわからない。

——紙クリエイターは個人で紙製品作ってる人。基本的に少数しか作らないから、ふつうのお店では買えないの。手作りだったり、個性的なデザインだったりで、作家のサイトか、こういうイベントのときにしか手にはいらないんだって。

母が言った。こういうイベントでしか手にはいらない個性的な紙小物。いったいどういうものなんだろう。

——ヴィンテージっていうのは、むかしの紙のことよね。イベントに行った人が、古い切符とかカードがあったって言ってたっけ。日本のだけじゃなくて、外国のものもあるんですって。ヨーロッパの包装紙とか。

——ヨーロッパの包装紙？

　ほしい。買えなくても、見てみたい。

——わたしもね、勉強のためにも一度行ってみたいと思ってたの。けど、今回は無理。この日程だと両方取材がはいっちゃってて。

　母が残念そうに言う。

——そうか、残念。百花は？　こういう小物、好きでしょ？

　叔母がくりくりした目でこっちを見た。

　たしかにわたしは紙に目がない。文具店や紙ものの置かれた雑貨店にはいると出てこなくなるタイプ。アクセサリーより服より紙小物が好き。付箋にマスキングテープ、栞にポチ袋。もう一生かかっても使いきれないほど持ってるんじゃない、と笑われるが、かわいいものがあるとつい手に取ってしまう。

——どう？　いっしょに行かない？

　予定はないし、もちろん行きたい。だが……。

　先立つものがない。春休みにバイトを入れなかったのがまずかった。この前古書店で素敵な絵本を見つけ、大量に衝動買いしたのもまずかった。新学年が始まれば学科とサークルの新歓もある。ともかく、いまはお金がない。

——実は……お金が……。

そこまで言って、うつむく。

――なんだ、金欠か。それじゃあまあ、仕方ないかなあ。姉さん、取材費、ってことで、少し出してあげたら?

叔母が母に言った。

――ええっ? そんなのダメに決まってるでしょ。そんなことしてたら……。

母が渋い顔になる。お金の管理は自分で。それがうちの鉄則だ。

――じゃあさ、わたしの荷物持ちをしてくれたら、少しバイト代出すよ。

――ほんとに?

――紫乃はまたそうやって……。

――いいじゃないの、社会勉強にもなるし。それに、ほんとに荷物持ちがいてくれたら助かるの。たぶんけっこう買い物することになると思うから。

――やります! 荷物持ちでもなんでも。

勢いよくそう言った。

――じゃあ、まあ、仕方ないか。でも、無駄遣いしちゃダメだよ。

――わかってる。

母の言葉に即答する。たぶん使わない(使えない)ものしか買わないんだろうけど。それは母から見たら無駄遣いかもしれないけど。

――ところで、紫乃の知り合いってなんのお店を出してるの?

母が叔母に訊く。

──和紙の店。お店で使う包装紙とか箱とか、ショップカードとか、だいたいそこの人に世話してもらってるんだ。

叔母が言った。

──ああ、和紙の店……。なるほど。紫乃の店の箱や包装紙、いつも素敵よね。その店で買ってたんだ。

──うーん、厳密に言うと、そこで買ったわけじゃなくて、紹介してもらった、って感じかな。まだ若いけど、和紙にはすごくくわしい人で……。

──若い？

──うん。たぶんまだ二十代後半。ちょっと浮き世離れしてるけど、紙を見る目だけはたしかなんだよね。

──へえ。

──とりあえずそのブースにあいさつに行くのが目的だけど、これだけいろいろあるとね。ほかの店もみんな魅力的だし、全部行きたくなるなあ。その日はほかに用事もないし、のんびりまわろう。

叔母（おば）はそう言って笑った。

だが……。

イベント当日、会場に到着したわたしたちを待ち受けていたのは、入場を待つ人々の長蛇の列だった。入口前の廊下から、階段を通って三フロア下まで列がのびている。

まさかこんなに混んでいるとは。

「これは、気合い入れてかからないとね」

叔母はぎゅっと拳を固めた。

なんとかチケットを買い、会場へ。どこを見ても人、人、人。会計を待つ人たちが台風のように渦を巻いているブースもある。

想像以上の宝の山だ。どのブースにもかわいいものがあふれていて、頭がくらくらした。

活版印刷の多色刷りのうつくしいカード、レトロな模様があしらわれた包装紙、個性的な絵が印刷された封筒。どれも凝った造りで、見たことがないようなものばかり。叔母もわたしもどんどん語彙力が低下して、きれい、素敵、かわいい、ばかり連発していた。

「見てよ、紙箱！　かわいい〜」

さまざまな色の紙箱が積まれているのを見て、叔母の目の色が変わる。名刺サイズのもの、ハガキサイズのもの、正方形の、丸いの……。

なぜだ。なぜ小箱というのはこんなにかわいいんだ。

見るものすべてほしくなる。紙ものだから、ひとつひとつが高額なわけじゃない。ポストカードやポチ袋は数百円。包装紙は数枚はいって千円くらい。箱はもうちょっと高くて二千円くらい。

でも、なにに使うの？　この箱になにに入れるの？

どこかから母の声が聞こえてくる。そうですね、なにも入れません。入れられません。空き箱だからロマンがあるのです。心のなかでそっと答える。

どれもここでしか買えないんだ。ちょっとくらい散財してもいいんじゃないか。だけど気になるものをすべて買っていたら、叔母からもらったバイト代なんてあっという間になくなってしまう。

「百花、見てよ、この箱」

箱に取り憑かれてしまった叔母の悲鳴が聞こえる。見ると、すべて手描きに手作りなのだろう、鳥や動物の形をした箱のならぶブースの前に叔母が立ち尽くしていた。

となりに立って、わたしも箱を凝視した。蓋に鳥のイラストが描かれ、箱自体、鳥の形をしている。大きさは長いところで三十センチくらい。だがなにしろ鳥の形なので、ものを効率的に入れられるとは思えない。

なにに使うのかわからない。かわいさだけが爆発している。

「かわいすぎて、もうどうしたらいいかわからない」

叔母の目は箱に釘づけになっていた。

「叔母さん、落ち着こうよ」

横から叔母の袖をひっぱり、ブースの前から移動した。

「そうだね、ちょっと冷静になろう」

少し離れると、叔母も我にかえったように言った。

「さっき、お母さんの声が聞こえたの。それ、なにに使うの、って」

「使う？　使わないよ。見てるだけでいいんだよ」

叔母もさっきのわたしの心の声と同じようなことを言う。

「だいたい、姉さんだってここに来れば絶対目の色変える、って」

万年テンション高めの叔母とちがって、母は現実的でいつも落ち着いている。だがきれいなものには目がない。ここに来たら人格が変わるかもしれない。

「でも、たしかにそうね。気になるもの全部買ってたら大変なことになる。姉さんの同僚が散財した、っていうのもわかる気がして来た」

「そうだね」

熱気あふれる会場内を見まわす。圧倒的に女性が多い。みんな紙の亡者のようになって、ブースにはりついている。

「落ち着こう」

叔母が深呼吸して言った。

「とにかくさ、まずはおのおの別々に場内一周しよう。そのあいだは買わない。見て、目星をつけるだけ。それでいったん外に出て、お昼を食べる。食べながらなにを買うか吟味する」

きっぱりした口調で叔母が言った。チケットは一日有効で、いったん外に出ても再入場が可能だった。

「そうだね。そうしよう。ブースの前で判断するのは危険すぎる」

そう約束して、わたしたちはふたたび戦場に向かった。

2

午前中いっぱいかけて、それぞれ場内をまわった。

売り切れ間近で、もうこれはなにがあっても絶対買う、と自信を持って言える栞だけは買うことにした。トレーシングペーパーに青いインキで星座の形とリルケの詩の一節が刷られた栞だ。お店の人が、これは活版印刷なんですよ、と言っていた。

こうして見てまわっていると、紙には実にいろいろな用途があることがわかる。ノートや手帳、メモ、カードや便箋みたいな文具。封筒やポチ袋、小箱みたいになにかを入れたり包んだりするもの。

飛び出す絵本みたいな仕掛け絵本のブースもあった。それも見たことがないほど複雑なものだ。ペーパーモビールや窓にかける飾りのような装飾品。趣向を凝らした特殊な折り紙、収納や店舗で使う段ボール製品。紙を使った花器や楽器、バッグまである。

紙自体の色や柄がきれいだったり、透けていたり地紋がはいっていたり。人の手でひとつずつ作ったような品も多く、そこもまたたまらない。

紙ってどうしてこんなに魅力的なんだろう。すぐ破れそうだし、水にも弱いし、なんというか、儚い。だからだろうか。いくらきれいなものを手に入れても、結局使えない。いつか使う日を夢見て、そっと引き出しに取っておく。

ああ、そういえば、父からもらった束見本もそうだったっけ。

束見本とは、本を印刷製本する前に、実際の本と同じ紙で作られる見本のことだ。中身はすべて白紙なので、本の形をしたノートみたいなものだ。作家だった父が出版社から束見本をもらって来てくれたことがあったのだ。

あれを見たときはほんとうにどきどきした。なにを書こう、日記にしようか、それとも物語を作ろうか、と夢がどんどんふくらんで、でも、結局一文字も書けないままだった。一文字でも書いてしまったら、自分の拙い字で汚してしまったら、ノートが台無しになるような気がした。

本が好きなのと、紙が好きなのは切り離せない。だからスマホやタブレットは使うけど、電子書籍には馴染めず、まだ紙の本で読んでいる。友だちの莉子にはいつも呆れられているけれど。

紙が好き。考えたら本やノートだけじゃない。お菓子の箱や包み紙のようなものでも、かわいかったら捨てられなくなる。説明についているリーフレットも。チケットやレシートだって、素敵なものはとっておきたくなる。

包装紙も箱もきれいだけど、包みを開けたら終わり、みたいなところがある。そんな儚いものなのに、どうしてうつくしく、かわいらしく作るのだろう。

書物が貴重品だったころの記憶が身体のどこかに刷りこまれているのだろうか。だから反射的に紙をいとおしんでしまうのだろうか。

ここにいる人たちはみんな多かれ少なかれそうなのかもしれない。お店を出してる人も、お客さんも。みんな紙の魅力に取り憑かれている。

気がつくと、もう約束の時間になっていた。あわてて待ち合わせ場所にむかい、叔母と合流した。


建物の外に出ると、竜宮城からもとの世界に戻ったみたいだった。

叔母に連れられて、会場の近くのカフェにはいる。フルーツパンケーキがおすすめというしずかな店だった。さっきまでの熱狂が嘘みたいだ。

パンケーキのついたランチセットを頼むと、さっそく叔母と情報交換をはじめた。

「いったん会場を離れると、気持ちが整理されるわね」

叔母は買いたいもののリストをスマホにメモしていたようで、そのリストから買うものをしぼりこんでいる。

「お店で使いそうなものも買わなきゃだけど、個人的にはやっぱりあの箱が気になる。

あとはヨーロッパの紙。包装紙がめちゃくちゃきれいだった」

「あ、わたしもあのブース、気になった。紙の質感も手作りっぽくていいし、色も柄もなつかしい感じで」

「やっぱり？ うちのお客さまでカルトナージュを習っている人がいるのね」

「カルトナージュ？」

「フランスの伝統的な工芸品よ。厚紙で作った箱に紙や布を貼って飾るの。見せてもらったけど、すごく素敵なのよ。一点ものの箱よね。あの包装紙を使ったら、かわいいのができそう」

「へえ、やってみたい」

叔母の話を聞いていると、自分でなにか作ってみたい、という気持ちがむくむくとわいてきた。

オリジナルデザインのマスキングテープや付箋、ポチ袋に小箱。文具に似せたミニチュアグッズ。かわいい。ほしい。でも、紙屋さんの店にあった紙の量り売りや、きれいな包装紙などが俄然魅力的に思えてくる。

魅力的な紙小物をたくさん見たこともあるかもしれない。小箱もたしかにかわいいけれど、ちょっとがんばれば自分でも作れる気がする。自分の好きな紙で、好きな大きさ、好きな形の箱を作れるじゃないか。それに完成品の小箱を買うより安上がりだ。

いったんできあがっていた順位ががらがらと崩れ、素材優先に入れ替わっていく。

ランチを食べ終え、食後のお茶を飲むと、叔母(おば)といっしょにもう一度会場に戻った。

結局わたしが手に入れたのは、紙屋さんのいろいろな紙詰め合わせ、ヨーロッパの包装紙十数枚、ごわごわした手漉(てす)きの紙のセット、マーブルの紙に、クライスター・パピアというドイツの伝統的な技法で染めたきれいな紙のセット。

もはや紙小物ではなく、紙そのものである。

一方、叔母の方は、ポチ袋や便箋、封筒、ご祝儀袋などが中心だ。お客さまにお礼の手紙を書いたり、店でなにかと使うのだそうだ。

グラシン紙のポチ袋セットには、色のついたグラシン紙や、柄の透けたものもはいっている。繊細な柄が活版印刷で刷られた便箋、見たことのないような飾りのついたご祝儀袋。どれも上品で、大人の雰囲気が漂っていた。

「このご祝儀袋、おしゃれ」

袋自体にもレトロな柄が印刷されていて、和風すぎず、シックでセンスがいい。

「でしょう？　とくにこの水引。こんな結び方、見たことない」

叔母が袋にかかった水引を指す。

水引というのは、ご祝儀袋などにかかっている飾り紐(ひも)のことだ。和紙をこよりにしてのりで固めたもので、こうした袋を締めるときに使う。ふつうは結婚式だと赤白、不祝儀のときは白黒で、一度きり、という意味をこめて結び切りにする。何度でも結び直せる蝶結びは進学や出産に、など、結び方にもそれぞれ意味がある。

なぜそんなことにくわしいかというと、母と叔母の出身地である飯田市が水引の産地だからだ。いまはもうやめてしまったが、むかしは祖母も水引を作る仕事をしていたらしい。わたしも子どものころ祖母と水引作りをして遊んだことがあり、そのとき簡単な結び方を習ったのだ。

だが、今回叔母が買った袋は、見たことのない花のような形の飾りで留められていた。

「お店の人に聞いたら、いまはこういうあたらしい結び方をするのが流行ってるんだって。水引で作ったアクセサリーもあったわ。ピアスとか、ブローチとか。色がきれいで、軽いの。わたしもひとつ買っちゃった」

叔母が小さな箱を開ける。紺と白の紐を組み合わせ、鞠のように結んだ水引のネックレスがはいっていた。紙でものりで固めてあるから硬くて、形はしっかりしている。水引を使っているせいか、落ちついた和の雰囲気があった。

「それにあの箱も買っちゃった」

叔母が持っている大きな紙袋がなんなのか気になっていたが、結局あの鳥の形の箱を買ってしまったらしい。母が見たら目を丸くするだろう。姉妹なのに、なぜこんなに性格がちがうのか。

「百花もけっこうあるわね。なに買ったの？」

叔母がわたしの袋をのぞきこむ。

「うわ、紙ばっかじゃない」

「いろんなお店見てたら、自分でもなにか作りたくなっちゃって……」

「いいんじゃない？　百花、工作得意だったし」

　叔母は満足そうににこにこ笑った。

「じゃあ、帰ろうか」

「え？」

　帰る？

「どうかした？」

「叔母さん、なんか知り合いのブースに行くって言ってなかったっけ？」

　同じ会場にあるわけだから、わたしと別れて会場をめぐっているあいだにあいさつをすませたのだろうか。

「あ、いけない、忘れてた。そうだ、一成くんのとこに行くんだった」

　叔母の答えに脱力した。

「忘れてたの」

「ごめん、ここにはいったとたん、テンションあがっちゃって。本来の目的をすっかり忘れちゃってた。うわ、もう四時すぎてる。よかった、帰る前に気づいて」

　さすが叔母さん。マイペースだ。イベントは五時までだから、いまなら間に合う。

「そのブース、どこにあるの？」

「和紙だから、和紙関連のブースが集まってるあたりだと思うんだけど……」

叔母がリーフレットの地図を開く。和紙関連か。そこはノーチェックだった。

「さっき水引のお店に行ったとき、そばを通ったんだっけ。えーと、こっちこっち」

叔母は地図をにらみながら会場の通路を歩いて行く。

和紙にもいくつか人気のブースがあるようで、もう終わりが近い時間なのに、まだ人だかりができていた。

「あれ、かわいい」

そのブースにはミニチュアの凧や動物の張り子細工が置かれていた。凧はむかしの和凧っぽいデザインで、ミニチュアなのに本格的な作りだったし、張り子の動物たちも愛嬌があってかわいい。

ふと気づくと叔母の姿がない。わたしが凧や張り子に見とれているあいだに、どんどん進んでいってしまっていた。もう終わりが近い時間だったんだっけ。あわてて叔母のあとを追った。

「ああ、ここ、ここ」

叔母が足を止める。そのブースの前だけ、人気がなかった。机の上に何枚か大きな紙が広げられているだけで、値札のようなものもない。なんだか素っ気ない。店の人の姿もない。営業しているのかどうかもよくわからない。

流行ってない……？

ブース名は「紙屋ふじさき」。奥の方の椅子に男の人がひとりで座って、本を読んでいる。この前叔母が言っていたように、二十代後半くらいに見える。でも、本読んでていいの？　わたしたちが来ても、全然反応しないし……。

「一成くーん」

叔母が声をかけると、男の人はやっとこちらに気づいたらしい。ゆっくり顔をあげて、こっちを見た。はっとするほど端正な顔だちだが、にこりともしないのでちょっと怖い。

叔母の声に応えるでもなく、渋々のように腰をあげ、こちらにやって来た。

「こんにちはあ。イベント、すごい盛況ね。わたしも散財しちゃった」

叔母がうれしそうに戦利品の袋を掲げると、彼は、ふう、と面倒そうに息をついた。

「それはそれは……よかったですね」

ぼそぼそとつぶやく。表情がないので、ほんとに「よかったですね」と思っているのか、型通りのあいさつなのか、皮肉なのか、全然読めない。

「まあ、イベント自体は盛況のようで、なによりです。うちはご覧の通り、ヒマそのものですけど」

無表情でそう続ける。これはなに？　謙遜？　皮肉？　たしかにヒマそうではあるけれど……。でも、そもそも真剣に接客する気がないように見える。

うーん、苦手だ、こういうタイプ。どう話したらいいのかわからなくなる。

「ほんと、ヒマそうね」

叔母はまったく臆(おく)さず、笑いながら言う。

強い。

どうしたらいいかわからず、机のうえに広がっている紙に目を落とした。

え？　なに、これ。きれい。

思わず声が出そうになる。真っ白い薄い和紙かと思っていたが、穴がたくさん空いている。細い繊維がからまりあって、レースのように見えた。繊維の不規則な模様だけじゃない。市松や渦巻きのように、和柄のレースになっているものもある。

じっくり見るまで気づかなかったのは、下に敷かれていたのが白い布だったからだ。白に白だから、透けているのがわからなかった。敷かれているのが黒い布だったら、このうつくしい模様がはっきり見えたはずだ。

これ、紙なんだ。さわってみたいが、破けてしまいそうで、手は出せない。

叔母はお店の人とすっかり話しこんでいる。といっても、おもに叔母がしゃべっていて、店の人は表情も変えずにうなずいているだけだったが。あれでコミュニケーションが成り立っているのだろうか。

「あ、そうだった。一成くん、こちらは百花、わたしの姪(めい)。で、こちらは藤崎(ふじさき)一成くん」

叔母が言う。藤崎くんと呼ばれた男の人がじろっとこっちを見た。

「吉野……百花です」

緊張しながら頭をさげる。

「姪御さん？」

「え、えーと、大学生で、あの……」

しどろもどろになって答えた。はじめての人。しかも大人の男の人で、とっつきにくい。いつもの人見知りが出てしまった。どうしたらいいかわからなくなってうつむいた。

とくに返答はない。ますます怖い。

「大学二年生なの。文学部の日本文学科よ」

叔母（おば）がさらっと言う。いやいや、そんな、学科なんて言うほどのことじゃ……。人に誇れるほど日本文学も読んでないし。びくびくしながら顔をあげ、藤崎さんの方をちらっと見た。

無反応。

関心がない、ってことかな。ほっとするような、情けないような。

「それよりあの……。ここに置いてある紙ってなんなんですか？」

おそるおそる気になっていたことを訊（き）く。

「紙？　ああ、ラクスイシのこと？」

藤崎さんは紙をちらっと見て言った。

「ラクスイシ？」

「『落ちる水の紙』って書いて『落水紙』」

叔母が横から言ってきた。

「紙漉(かみす)きで、まだ紙が乾く前に水をシャワーみたいにあてるんだったわよね、たしか」

「シャワーみたいに？」

「そう。百花は和紙の紙漉きって見たことないわよね。水のなかに紙の繊維を溶かして、簀(す)ですくうの。繊維は水のなかにほやほやっとした雲みたいに浮かんでて、簀ですくうと水が抜けて、繊維だけになる。まあ、大雑把に言うとそんな感じよね？」

叔母が藤崎さんを見た。

「ええ、たいへん大雑把ですが」

藤崎さんが表情を変えずに答える。

「そのほやほやを簀から外して、乾かすと紙になる。だけど、ほやほやのうちにシャワーをあてると、水滴で穴があくの。そうやって作るから落水紙」

はじめて聞く話だった。

「そうなんだ……。きれいですね。すごく薄くて……」

薄い筋雲みたいだ、と思った。

「まあ、こちらの紙の作り方はもう少し繊細ですが、まあ、いいです」

藤崎さんが不本意そうにつぶやく。

「透けるところを生かして、最近は照明器具に使われたりもします」

「照明に？　こんなに薄いのに、破れないんですか？」

「和紙の繊維は長いですから。洋紙よりずっと丈夫ですよ」

繊維が長いから丈夫？

「繊維自体は切れにくいのよ。洋紙は細かい繊維を集めて固めるのね。だから簡単に破れる。でも、和紙は植物の長い繊維がからまりあってできてるの。だから破れにくい」

叔母の説明で少しわかった気がした。

それにしてもきれいな紙だ。レースのような、霞のような。

少し離れたところには別の紙もあった。雲の筋のようなものがはいった紙。光沢があって、布で言うと絹みたいな紙。

どれもわたしがこれまで知っていた紙とはまったくちがった。存在感があって、見ていると吸いこまれそうになる。

「この紙は……？」

絹のような紙を指して訊く。

「細川紙です。埼玉県の小川町で作られていて、ユネスコ無形文化遺産に登録されています」

ユネスコ無形文化遺産。前に民俗学の授業で習った。国際連合教育科学文化機関「ユネスコ」が、音楽、舞踏、祭り、儀式、伝統習慣、工芸などの無形文化財を対象に定めたものだ。

「和紙で無形文化遺産に登録されているのは、石州半紙、本美濃紙とこの細川紙の三種類だけ。いずれも楮（こうぞ）だけで作られています」

藤崎さんは淀みなく言った。楮……。たしか和紙の原料だったよね。高校時代、歴史の授業で習った。楮と三椏（みつまた）……だったっけ？

「丈夫な紙ですよ。和本の用紙、たとう紙、染色用の型紙の原紙、壁紙、障子など用途は多様で、最近は照明のカバーや版画や水墨画の用紙、古文書の補修用紙としても使われてます」

「たとう紙ってなんだっけ」

叔母に小声で訊いた。

「着物を包む紙」

叔母も小声で答える。着物を包む紙……ああ、あれか。飯田の祖父母の家で何度か見かけた。

それにしても、この人、説明はすらすら出てくるけど、こっちの反応をまったく見てないな。

「あの……この大きさの紙しかないんですか？」

思い切って訊いた。

「ええ」

藤崎さんが素っ気なく答える。一枚の値段を訊くと、けっこうな金額だった。もう叔母からもらったバイト料は底を突きそうになっている。

だが、どうしてもほしかった。厳選に厳選を重ね、落水紙と絹のような紙、雲のような筋のはいった紙の三種類を買うことにした。

藤崎さんは無言でお金を受け取ると、慣れた手つきで紙をくるくるっと丸め、無愛想に突き出した。

3

「あの人って、紙を作ってる人なの？」

会場を出てから、叔母に訊いた。

「あの人、って、一成くん？　まさか、ちがうわよ。全然職人に見えないでしょ？」

叔母は笑った。

たしかに職人ぽくはない。そういえばこの前、店で使う紙を世話してもらっている、と言っていた。ということは、紙屋さん、ってことか。

「一成くんはね、ああ見えて『紙屋ふじさき記念館』の館長なのよ」

「館長？」

あんなに若いのに？

叔母によると、紙屋ふじさきは江戸期創業の紙の店。日本橋（にほんばし）にあり、以前は和紙専門だったが、明治にはいって洋紙も扱うようになった。戦後は株式会社藤崎産業と名前を変え、書籍用紙から医療用の不織布まで幅広く扱う大手企業になっている。

いまは各地に支社があり、本社も別の場所に移ったが、日本橋にはかつて本社だった四階だての古いビルが残っている。一階から三階には事務所などのテナントがはいっていて、いちばん上の四階に創業当時からの資料を集めた記念館があるのだそうだ。

「って言っても、聞いたことないでしょう？　わたしもお客さんに教えてもらうまで知らなかったもの。日本橋にはいくつも有名な和紙店があるし、立派な資料館を持っているところもある。でも、紙屋ふじさき記念館を知ってる人はなかなかいない」

「わたしはそもそも、その有名な和紙店というのも知らなかったけど……」

「まあ、百花の年じゃね。そのうち連れていってあげる。紙漉き体験ができるところもあるから」

「そうなんだ」

紙漉き体験。紙を作れるのか。さっきの叔母の、ほやほやの繊維の話を思い出し、少し興味がわいた。

「一成くんもねえ、館長ってことになってるけど、記念館には実質一成くんしかいないし。だいたい、企業が力を入れてたら、記念館は一階におくでしょう？」

「うん」

「看板も入口のところに小さいのが出てるだけだし、宣伝もしてないし、あれじゃ、だれも気づかない」

「やる気がない、ってこと？」

「けっこう貴重なものも置いてあるんだけどね。でも、ちゃんとした博物館にするなら、内装を整えたり、学芸員を入れたりしなきゃいけないでしょう？　そこまではお金がかけられない、ってことかなあ」

叔母は空を見あげた。

「あの藤崎さんって人は、学芸員じゃないの？」

学芸員の資格を持っているからそこで働いているんじゃないのか？　いや、だいたいなんであんな若い人が館長なんだ？　それに、あの人ひとりしかいない、って……。

「一成くんはいまの株式会社藤崎産業の社長さんの甥にあたるのよね」

社長さんの甥。そうだったのか。

「でも、一成くんはちょっと変わり者で……」

変わり者、というのはわかる気がした。

「藤崎産業は一族経営みたいで、社長は代々藤崎家の人みたい。前の社長の長男がいまの社長なの。で、次男が一成くんのお父さん、ってわけ。そのお父さんも会社の重鎮で、一成くんのお姉さんも弟も藤崎産業の社員。一成くんも入社して営業部にはいったけど向かなかったみたいで……」

たしかに営業には向いてなさそうだ。

「それで、記念館館長、っていう閑職にまわされたらしいのよ」

叔母はふう、と息をつく。

「まあ、出世コースからは外れたわけだけど、本人は嬉々として記念館にいるのよね。一成くんは、紙マニアっていうのかな、あそこで古い紙や道具といっしょにいられるのがすごくうれしいみたいで」

紙マニア……。まさにそんな感じだった。

「一成くんは、紙はそれだけで素晴らしい、と思ってるのよね。紙があればそれでいい、と。けど、展示としてはそれじゃダメでしょ？　専門知識がある人が満足できるだけじゃなくて、紙のことあまり知らない人でもわかるように、とか、子どもでも楽しめるように、とか、工夫しないとダメじゃない？　そういうの、一切やる気ないみたいで」

人が来ないのは自業自得、ということか。

「けどね、とにかく紙についてはくわしいのよ。和紙だけじゃなくて、変わった紙を作ってる人のことをよく知っててね。こちらの要望に応えていろいろ紹介してくれるの。センスもいいし」

「あの店にあった紙、きれいだった……」

わたしだって使い道もないのに買ってしまったくらいだ。

「でしょう？」

「でも、あれじゃ、売れないよね。説明もないし、値札もないし、ディスプレイも素っ気ないし。それに、お客さんが来てもすぐ出て来ないし」

「そうよねえ」

「こういうイベントって、お店の人と直接話せるっていうのも魅力だと思うんだ。どのブースの人も積極的に商品説明してたし……」

「一成くんの場合、ミーハーな客と話すのが面倒くさい、っていうのもあるんだろうけど……」

叔母がため息をつく。

「それに、かわいい製品がないのもよくない。紙そのものに迫力があるのはわかるけど、近くで見ないとわからないじゃない？　素材そのものを買う人は少ないんだから」

わたしは山のように買ったけど……。それは横に置いて言った。

「やっぱり、レターセットとか、ポチ袋とか、使い道のありそうなものを置かないと、人、来ないよ」

「そうなのよね。かわいすぎてなかなか使えなくても、いつか使うかも、って思うと財布の紐もゆるむし」

叔母がうなずく。いやいや、叔母さんは絶対使い道のない鳥の箱を買ってたけど……。

「でも、一成くんは紙そのものが好きだから、加工することには関心がないんじゃないかな」

叔母がつぶやく。

「趣味ならそれでいいけど、商売なんだから……」

そこまで言って、口をつぐんだ。よく考えたら他人ごとだ。わたしたちがここで真剣に話しても意味がない。

「まあまあ、一成くんにはそのうち言っとくよ。それより、今日は姉さん、遅いんでしょ？　なんか食べてから帰ろ」

叔母に言われ、うなずいた。

叔母と駅の近くで食事をして、家に帰った。ソファに座ると、どっと疲れが出た。イベント会場にいたときはテンションがあがっていたから気づかなかったが、あの会場をいったい何周したことか。

ずっと興奮状態だったから、神経が疲れてしまったのかもしれない。戦利品をテーブルにならべていると、いつのまにか寝落ちしていた。

「ただいまあ」

玄関から声がして、はっと身体を起こす。母が帰って来たらしい。テーブルの上に広がる紙の海を見てあせった。まずい、買ったもの、出したままだった。このままだと大量の買い物がばれてしまう。

だが、間に合わなかった。母がリビングにはいって来て、荷物を置く。そして、テーブルの上の無数の紙を見て、目を丸くした。

「これ、全部買ったの？」

「うん……。どれも素敵で、つい……」

もごもごと言葉を濁す。

「まあ、お祭りだからね、いいけど……」

母は笑った。めずらしくお咎めなしらしい。

「で、どうだったの、イベントは」

「すごかったよ。人もたくさんいたし……。それにかわいいものばっかりで……。紫乃叔母さんもわたしも、途中でわけわかんなくなっちゃって……」

「そう。まあね、うちの会社の人も、会場はいった瞬間テンションあがりすぎて気絶しそうになった、って言ってたから」

「あ、わかる」

「そのときは大げさだなあ、って思ったけど、想像以上みたいね」

母がくすくすっと笑った。

「でも、百花、紙ばっかりじゃない。紙雑貨のイベントだったんじゃないの?」

「あ、ああ、もちろんメインは紙雑貨だよ。文具とか、小箱とか、ポストカードとかいろいろあって。そういうのも少し買ったよ」

別の袋からどうしても我慢できずに買った雑貨を取り出す。最初に買ったリルケの詩の一節が刷られたトレーシングペーパーの栞。活版印刷の植物のカード、マッチ箱入りの小さなノート。

「すごいわね。ほんとに手がこんでるし、オリジナリティもある。たしかにこんなのふつうの雑貨店には売ってないね」

母は感心したように品物をじっと見ている。

「これ、リルケでしょう？　そう、こんなのもあるんだ。洒落てるね」

母がつぶやく。

亡くなった父はリルケが好きで、本棚にはリルケの本がたくさんあった。

「紫乃叔母さんなんて、鳥の形をした手作りの大きな箱を買ってたし。まあ、その箱は、ほんとに素敵だったんだけど」

わたしだって、いくらでも自由にお金を使える身だったら、そして広い部屋を持っていたら買ってしまったかもしれない。

「鳥の形の箱？　紫乃らしいわね」

母がくすっと笑う。

「お客さん用に使えるレターセットとか、ご祝儀袋とかの実用品もちゃんと買ってたけどね。ともかく、どこのブースの商品も魅力的すぎて、結局丸一日会場にいたし」

「え、丸一日？」

「そう。午前中に会場にはいってとりあえず場内見てまわって、いったん外に出てランチ食べながら頭冷やして、それから買い物して……気づいたらもう四時で、紫乃叔母さんの知り合いのブースに行くの、危うく忘れるところだったんだよ」

「なんのために行ったんだか」

　母がまたくすくすっと笑った。母はあまり自分の話をしないタイプだ。代わりに人の話をよく聞く。母と話していると、口下手のわたしでもついついたくさん話してしまう。いわゆる聞き上手、というやつだ。

「それで？　百花はなんで紙ばっかり買って来たの？」

「雑貨も素敵だったんだけど、素敵すぎて選べなくなっちゃったのかも。小箱とか、すごくかわいかったんだよ。なんで箱ってこんなにかわいいんだろう、って。けど、どの柄も素敵で、選べない」

「だったら、きれいな柄の紙をたくさん買った方がいいんじゃないか、ってこと？」

「そう！　紙さえあれば、自分で箱を作ることだってできるじゃない？　封筒だって。まあ、あそこで見たみたいな洒落たデザインにはできないかもしれないけど」

「そうかな。百花、むかしから手先が器用だったじゃない？　小学校のときだったかな、算数で習った正多面体？　あれをどうしても作りたい、って言って、自分で展開図描いて、厚紙で作ってたでしょう？　正十二面体とか、正二十面体とか」

　正十二面体は正五角形の面が十二集まったもの。正二十面体は正三角形の面が二十集まったもの。あのときは妙に夢中になって、いろいろな大きさのものを作った。

「ノートとか、豆本も作ってたよね？」

　そうだった。子どものころはよく父といっしょにノートを作った。きれいな紙袋や包装紙を集めて束ねて、裏の白い側だけを使うノートとか、妙に凝ったものを作ったりした。

高校生になってからは、インターネットで作り方を探して、いくつか豆本も作った。包装紙を集めて作った本。小さいけれどハードカバーで、花布(はなぎれ)や栞もつけた。できたものを友だちに見せるとびっくりされた。

ほんとは物語を作ってその豆本に入れたかった。でも文章はなにも浮かばなかった。浮かんでも本にするほどじゃない気がした。だからわたしの本は、いつも「絵のない絵本」ならぬ「字のない本」だった。受験勉強がはじまって、いつのまにかそんなことをする時間はなくなってしまったのだけれど。

目の前に広がる紙の海に目を落とす。ヨーロッパのあざやかな包装紙。ほんのり透けたグラシン紙。なにか作りたい、という気持ちがこみあげてくる。

「ともかく、よかったわよ。なにかに結びつくんだったら、別に無駄遣いじゃないし。それに、持ってるだけで紙はロマンよね。それはわかる」

母が言った。

紙はロマン。その通りなんだ。

「大学時代に自分の興味のあることをいろいろやっとくって大事なことだと思うよ。仕事をはじめるとなかなか時間が取れないし、いまやっておかないと、結局自分がなにをしたいのかわからないままになっちゃう」

「そうなのかな」

「ともかく、もう遅いから、お風呂(ふろ)はいって寝よう。明日(あした)は百花も大学でしょ?」

「わかった。お風呂、入れてくる」

わたしは立ちあがって浴室に行き、給湯のスイッチを押した。

4

歩いていても、大学で授業を受けていても、買って来た紙のことが頭に浮かぶ。帰りの電車のなかではスマホで箱の作り方を検索したりしていた。

薄い包装紙だけではしっかりした箱にはならない。芯(しん)になる厚紙を使って貼り箱にした方がよさそうだ。ネットでも型紙は手にはいりそうだから、家に帰ったら早速作ってみようと思った。

問題は外側の紙を芯にどうやって貼るか、だ。ネットの作り方では膠(にかわ)となっている。だが、スプレーのりの方が扱いが簡単そうだ。乗り換え駅の近くの文具店に寄って、厚紙とスプレーのりを購入し、急いで家に帰った。

母が帰ってくるまでにはまだ数時間ある。母と共同のパソコンで型紙をダウンロードし、プリントアウトした。

引き出しの奥にしまっておいたデザインナイフ、定規にカッティングマットなどを取り出す。型紙をあてて、厚紙を慎重に切る。こういうものを作るときは、細かい部分をきれいにしておくことが大事だ。手を抜いてゆがんだりずれたりしていると、てきめんに仕上がりに響く。

厚紙はそのまま折ることはできない。雑に折ると必ず曲がって、きれいに仕上がらない。そういうときのために、子どものころ粘土細工で使っていたヘラをとってあった。折り目に定規をあて、ヘラで線を引く。もちろん折るときにも定規をきちんとあてる。

箱を組み立て終わったら、次は包装紙だ。ヨーロッパのもののなかから、手描きの不規則な水玉が描かれたものを選んだ。これなら紙が大きいから失敗しても大丈夫。

それでも紙を切りはじめるときは緊張した。少しやわらかい紙なので、刃をすべらせるときくしゃっとならないように注意した。

スプレーのりは貼ってはがせるタイプを選んだので、ちょっとくらいのずれは修正がきく。のりとちがって水分がないから、紙が伸びたりよれたりすることもなく、ぴたっときれいに貼ることができた。

「できた」

思ったよりきれいな仕上がりで、うれしくなる。紙こもの市で売っていたものにくらべると見劣りするけど、いくつも作っていればもっとうまくなるだろう。それに、これなら自分の好きなサイズのものが作れる。

ネットで箱の作り方を探していると、トイレットペーパーやガムテープの芯を使った円筒の箱の作り方も出て来た。ちょっとむずかしそうだが、魅力的だ。いまはないけど、集めておこう。

あまった包装紙と厚紙を使って、大ぶりの飾りを作った。不規則な形に切り取って貼り合わせただけだが、ピアスにしたらかわいいだろう。ピアスの留め具は手芸用品店に行けば買えるはず。もうすぐ莉子の誕生日だし、プレゼントしよう、と思った。

莉子は天体とか植物とか理系っぽいアイテムが好きだから、小さな正十二面体や正二十面体を作ってピアスにしたら喜ぶかもしれない。透ける紙がいいな。でも透ける紙の場合はノリシロも透けちゃうから、きれいに作るのはむずかしいかなあ。

莉子は同じ学科で、大学でいちばん気の合う友だちだ。サークルも同じ小冊子研究会。思えば小冊子研究会にはいったのも莉子に誘われたからだった。

小冊子研究会。ミニコミ誌、タウン誌、フリーペーパー、zine。時代によっていろいろな呼び方があるし、目的や作り方もちがうけれど、要するに大手の出版社が作っている雑誌とはちがう、小さな雑誌を集めたり調べたりするサークルだ。

有料、無料は問わない。ただし企業の宣伝用の雑誌や、広告ばかりのフリーペーパーは含まない。同人誌のように作品発表のためのものも含まない。などなどいくつか約束ごとがある。

あちこちで集めたこうした冊子を持ち寄り、それをつまみにお茶を飲む。ふだんはゆるいサークルだが、大学祭には本気の冊子を作って販売する。

莉子の高校時代の先輩が小冊子研究会に所属していて、サークルを選ぶときに莉子に連れられていっしょに見学に行った。サークル活動をする気はなかったのだが、なんとなく居心地がよく、そのまま入部してしまった。

活動している部員は一年を含めて八人。うちの大学のサークルとしては弱小である。莉子の高校時代の先輩は今年四年で、就活のために引退してしまった。いま四年で活動しているのは真琴先輩ひとりだけ。家業を継ぐから就活がないのだという。

三年は森沢先輩と西園先輩で両方男子。二年は莉子とわたし。今年の一年は、石井さんと松下さんという女子ふたりと、乾くんという男子がひとり。

亡くなった父が作家、母も書籍編集者という家庭で育ったから、わたしは子どものころから本が好きだった。本を読むうちに、いつか自分の本を作りたい、と思うようになった。

だが悲しいかな、わたしには中身がなかった。本の形を作ることはできるけれど、そこを埋めるための言葉がない。それを探そうと文学部を選んだ。

入学して授業を受けはじめると、すばらしい言葉にたくさん出会った。授業でも、先生に勧められた本でも。日本語はうつくしく、古い文章や歌を読んでいると、受験勉強で読んでいたときには気づかなかった調べに感動した。

だが、そうしたものに触れれば触れるほど、自分がそうしたものを生み出せる気がしなくなった。どの言葉も遠い空を飛んでいるだけ。もうそこにうつくしいものがちゃんとあるのだから、この上わたしがなにを書けばいいのか。手を伸ばしても、ふわふわと遠ざかって、つかむことができない。

莉子には、文章を書きたいんだったらまずはSNSだよ、とよく言われる。短い言葉に思いをこめるから、投稿しているうちに文章力もあがる、と言う。

高校のときも、まわりはみんななにかしらSNSをしていて、そのせいで先生に叱られていた。トラブルに巻きこまれた子もいたけれど、やっぱりそういう活動をしている子の方が感度が高いというか、世の中の状況に敏感に反応しているように見えた。

だけどわたしは結局怖くてできなかった。本質的に人見知りなのだ。SNSでは目の前にほんとうに人がいるわけではないけれど、知らない人から話しかけられたりしたらやっぱり怖い。

そしたら鍵かけとけばいいんだよ。莉子にそう言われて、とりあえず登録した。いまも友だちとの連絡に使ったり、友だちが投稿した内容にハートをつけたりはする。だけど、自分ではなにを書いたらいいのかわからない。

大縄跳びでみんな軽々と跳んで行くのに、わたしだけは縄にはいれない。きっとこれも自意識過剰なんだろう、とは思うけれど。

それに、SNSの流れを見ていると、みんなの声がうわあっといっせいに流れてくるような気がして、落ち着かなかった。たしかにときどき素敵な言葉や写真が流れてくる。だけど同時に日々の愚痴や人の悪口も流れてくる。

愚痴や悪口を言うのも悪いことじゃない。そうやって発信することでバランスが取れるなら、わたしみたいに内側に溜めこむよりいいのかもしれない。でも、きれいな言葉もいやな言葉も、全部同じになってしまうみたいでいやだった。

本の世界だったらそんなことはない。考え抜かれた表現だけで成り立っている世界に馴染んでいたから、がやがやした雑踏のような空間にはいるとくらくらした。

わたしはやっぱり紙の本が好きだ。なかに書かれた言葉だけじゃなくて、紙に印刷された文字、表紙の佇まい、すべて含めて本なのだ。ページをめくるときの音、手触り、本の匂い、そういうのすべて含めて読書なのだ。わたしたち人間が、思考だけでできているわけじゃないのと同じように。

でも、じゃあ、ノートに鉛筆で書くなら言葉が出てくるか、っていうと、そういうわけでもない。心のなかにもやもやした思いはある。これをなんとか形にしたい、といつも思っている。だけど言葉にできない。ずっとむかしから。

買ってきた紙をながめながら、また豆本を作ってみようかな、と思った。マーブルの紙やクライスター・パピアというドイツの技法で染められた紙。これを使ったら一点ものの、古いヨーロッパの本みたいなものができるだろう。

だけど、中身が空っぽじゃ、意味ないよなあ。

とりとめもなくそんなことを考えながら紙をめくっていると、紙屋ふじさきで買った和紙が出てきた。

はっとして手が止まる。

やっぱりすごいな、この紙。

絹のような光沢。神々しいような気さえした。ほかの紙とはものとして別格に思える。切ったり、貼ったり、字を書いたり、そういうことをためらってしまうほど完璧だ。

これを使ってなにか作れたらいいんだけど。

ぼんやりとため息をつき、さらさらの紙をそっとなでた。

週末、小冊子研究会の新歓遠足で鎌倉に行った。鎌倉育ちの真琴先輩がたてたプランで、建長寺をめぐり、半僧坊までのぼる。鎌倉街道沿いの古民家カフェで昼食をとったあと、明月院と円覚寺をまわる。

けっこう歩くから歩きやすい靴で来てね、と言われていたが、建長寺は予想以上に広いし、半僧坊までの坂もきつかった。だが、半僧坊の近くにずらっとならぶ天狗の像は圧巻で、ながめもよい。ここからハイキングに行く人もいるという。

鎌倉街道まで降りて来たときはへとへとだった。それから先輩おすすめの古民家カフェへ。鎌倉近辺にはいくつも古民家カフェがあるそうで、映画やドラマのロケ地にもなっているらしい。そのなかでも真琴先輩のいちばんのおすすめの店に向かった。

緑に囲まれた木造の建物が見えてきた。昭和初期に建てられたものらしく、趣きがある。わかりにくい場所にあるのに人気店のようで、少し列ができている。それでもみんな、絶対にここにはいりたい、と主張し、ならぶことになった。

待っているあいだに、今年の一年生の経歴をいろいろ聞いた。

乾くんは高校時代から超短編ミステリという四百字以内のミステリをブログに書き続けているらしい。松下さんは高校時代に短歌で賞をとったことがあるという和風美人。石井さんはスイーツ好きで、スイーツを擬人化したイラストを描いているそうで、みんななかなか個性的だ。

「お席、準備できました」

店の人の声がした。案内されて、奥の席につく。

「おおお、古民家」

莉子が小さく声をあげ、店内を見まわす。

ここを紹介してくれた真琴先輩が言うには、かつての間仕切りを取っ払って広い空間にしたらしい。天井板も取り、吹き抜けになっているので、開放感があった。壁際の棚には、古い絵本や図鑑、文庫本。古い木の道具のようなもの。

「まずいですね、これは」

乾くんはやや緊張しているようだ。

「すごいですねえ。素敵ですねぇ」

石井さんも目を輝かせている。大きな窓からは緑が見えて、あまりの異世界感にわたしは言葉を失っていた。北鎌倉（きたかまくら）、おそるべし。

お店の人が持ってきてくれたメニューがまた素晴らしかった。表紙は、古い新聞や、昭和を思わせる包み紙などのパッチワークで作られている。

「このメニューも素敵だね。この場所にぴったり」

莉子が言った。

「ほんとですね。細かい演出ができていると、空間の完成度があがりますね」

松下さんが落ち着いた声で言うと、先輩たちもみなうなずいた。

空間の完成度。その通りだ。もちろんふつうの紙に印刷されたメニューでも用は足りる。でもこんなふうに店に合った形だと、ぐっとくる。店内に置かれた調度品もそうだ。こうした小物が店の雰囲気を作っていくんだ。

紙ってこんなふうに使うこともできるんだな。新品の、きちんと整った形もいいけど、このメニューに貼られたような古びたものもいい。新聞紙は破られたように端が毛羽立っているが、それも味がある。

「あ、そうだ」

ピアスのことを思い出し、カバンから出して莉子に渡した。

「へえ、かわいい」

莉子は喜んで、さっそくそれまでつけていたものを外し、耳につける。

「これ、百花が作ったの？　すごい」

真琴先輩が目を丸くした。

「センスありますねえ」

石井さんが言った。

「これ、なんでできてるの？」

森沢先輩が訊いてくる。

「紙です」

「え、紙？」

「そうなんだ。だからか。大きいけど、すごく軽い」

莉子が頭を揺らすたびに、大きな水玉の紙がゆらゆら揺れた。

「すごくきれいな紙だね。どこで手に入れたの？」

真琴先輩が訊いてくる。

「ヨーロッパの古い包装紙みたいです。この前叔母に紙関係のイベントに連れてってもらって」

「それ、文字を印刷したので作ってもいいんじゃない？　詩や短歌の一節を刷るとか」

真琴先輩が言った。

「文章が全部見えなくてもいいですよね。一部だけ見えるとか」

莉子が言った。思いつかなかったけど、いいかもしれない。もし印刷するなら活版印刷がいいなあ。紙こもの市に出ていた活版印刷の店のことを思い出した。

「お待たせしました」

頼んでいたカレーが運ばれてくる。

「いい匂い！　おいしそう」

莉子と石井さんが声をあげる。器もスプーンもみんな素敵で、真琴先輩によるとすべて若手陶芸家の作品らしい。

カレーもとてもおいしかった。食べながらおしゃべりが弾んでいた。さっきの建長寺のことから、小冊子研究会の先輩たちのこと、大学の先生たちのことなど話題はどんどんうつっていく。

ぼんやり顔をあげ、室内を見渡す。古い家の感じがなんともなつかしい。飯田の祖父母の家もこんな感じだった。もちろんこんなふうにおしゃれに改築されてはいないけど、建物の作りや柱や壁の感じがなんとなく似ている。

紙屋ふじさきで買った紙のことを思い出した。和紙は障子や襖や壁紙に使われている、って言ってたっけ。祖父母の家には障子も襖もあったし、和紙が貼られた壁もあった。日本家屋は「木と紙の家」なんて言われるけど、その通りだ。

頭のなかに、祖父母の家がよみがえってくる。夏休みに遊びに行くと、よくあの畳の部屋に寝っころがって、蝉の声を聞いてたっけ。外からの光で障子紙が透けて、格子の形が浮きあがる。

あの部屋には、めずらしい組子細工の障子があった。組子細工とは、釘を使わず、細く割った木に溝や穴を作り、組みつけていくむかしながらの技術だ。あの部屋の障子は、三角形を集めて葉っぱのようにした形に組みあげられていた。

頭のなかで、組子細工の木が紙に置きかわり、和紙と重なる。

あっ、と声をあげそうになった。

あの紙で、あれを作ったら。厚い紙を切り絵みたいに切って、薄い和紙を重ねる……。

そうだ、カードがいい。表紙が障子のようになったグリーティングカード。

障子を真似る。だから和紙を使う意味がある。和紙にとって本来の使い道に近いと思うと、紙を切ることへの罪悪感が薄らいだ。

「百花、どうしたの？」

莉子の声がした。

「あ、ごめん、ちょっと考えごとしてて」

我にかえって答える。

「まったく、百花はなあ」

莉子が笑うと、真琴先輩も笑った。

「百花はデザートどうする？　ここ、プリンがおいしいんだよ」

真琴先輩が訊いてくる。

「プリン……」

「みんな食べるって。百花はどうする？」

「もちろん、いただきます！」

あわててそう答えた。

5

そのあと明月院と円覚寺を見てまわり、北鎌倉で食事。電車に乗って東京に戻った。家に着いたのは十時過ぎ。疲れていて、お風呂(ふろ)にはいるとそのまま寝てしまった。

次の日はわりと早く目が覚めた。日曜だし、とくに用事もない。軽い朝食をとると母は仕事があるらしくパソコンに向かい、わたしは自分の部屋に戻った。

紙の束を取り出し、机に広げる。昨日思いついた組子障子のカード。ぼんやりしたイメージはあるけれど、どの紙をどう使えばあの雰囲気を実現できるのか。

しばらく紙とにらめっこした。障子紙には絹のような薄い和紙を使うと決めていた。レースのような紙も素敵だが、これを使うと組子の形が生きない。ここはシンプルな白い紙の方がいい。

問題は木枠の紙だ。障子らしくするには木の色がいいだろう。濃い茶色？　それとも薄茶？　和紙では濃い色のついた紙は買わなかったけど、紙屋さんで買った詰め合わせのなかには濃い色もあったはず。

障子の枠だから、地紋はない方がいい。なめらかな手触りで……。何枚か合いそうな紙を見つけ、取り出した。

次は組子の形だ。飯田の家の写真を探し、組子の形をたしかめる。

ネットで組子細工について調べて、あの文様が麻の葉という名前であることを知った。日本の伝統的な文様のひとつで、古くから家紋や神紋としても用いられ、着物や工芸品にも多く用いられているらしい。

正六角形のなかを三角形で区切り、六枚の葉のようにも、六つの角のある星のようにも見える形。それが集まって文様を作る。直線だけでできた幾何学的な文様だから、再現するのはむずかしくない。方眼のノートを二枚やぶり、引き出しから定規とむかし使っていた分度器を取り出す。

大きさはどうしよう。カードはあまり大きくない方がいい気がして、まずは扱いやすいハガキサイズにすることにした。ハガキのほぼ二倍の大きさのA５の紙を使い、ふたつ折りにしてカードにする。

窓の大きさは……。一面窓にして、すべてを組子にするか。それとも周囲に少し広めの枠をつけるか。組子の部分が小さい方が加工は楽だけど、どうせなら紙いっぱいに文様を入れたい。

いくつかラフスケッチをして、障子っぽいバランスにするため、組子を入れる部分を縦長にすることにした。上下の余白より左右の余白の方が大きくなる形だ。

組子部分全体の大きさを考え、文様を描いていく。もちろん実際の障子と同じ比率にしたら、文様が細かすぎてわたしの腕ではとても切り出せない。でもあまり粗すぎると雰囲気が出ない。なんとかぎりぎりうまくいきそうなバランスにした。
型を作るまでにだいぶ時間がかかり、型紙を切り出すともう昼食の時間になっていた。母も仕事が立てこんでいるみたいで、部屋にこもっている。声をかけ、ふたりとも上の空で昼食をとり、片づけが終わるとおたがいさっさと自室にこもった。

本番用に選んでおいた茶色の紙を取り出し、カッティングマットにのせる。そのうえに白い型紙をのせてメンディングテープで固定した。茶色の地に白の麻の葉文様が浮き上がる。配色が逆だが、なかなかきれいだ。

文様の威力ってすごいな、と思う。単純なパターンのくりかえしなのに、とてもうつくしい。古来伝わってきたもの、というだけのことはある。

緊張しながらナイフを入れる。障子らしさを出すために、枠はできるだけ細くした。細くても、裏から障子紙を貼るから強度には問題ないはずだ。だが失敗しないように切り出すのがむずかしい。

定規をあて、切る。少しずつ、文様が切り取られていく。えんえんと単純作業のくりかえしで、途中でさすがに気が遠くなった。だが、一枚切り終わって光に透かすと、不思議と充足感があった。

きれいだな。影絵のように、窓からの光で机の上に麻の葉の文様の影ができる。それが飯田の家の光に透けた障子の記憶と重なった。

続けてもう一枚切り出す。紙で作るのだからもう少し抽象的でもいい気がして、木の色ではない色にしようと思った。黒はちょっときつすぎる気がして、グレーを選んだ。作業に慣れたせいか、一枚目よりは早く切り出すことができた。それでも気がつかないうちに時間が経っていたらしい。母が、そろそろごはんにしよう、と呼びにきた。

「なに、これ？」

机の上に広がった道具と紙を見て、母が訊いてくる。

「紫乃叔母さんと行ったイベントで買ってきた紙。この前からいろいろ作ってるんだ」

「へえ」

「小箱も作ったしね、アクセサリーも。ピアスにして莉子にプレゼントしたら、けっこう好評だったんだ」

わたしはこれまでに作った小箱やブローチを出して机に置いた。

「わあ、けっこうかわいいじゃない？　百花、やっぱり器用だね」

母は小箱とブローチを手に取り、いろいろな角度からながめた。

「これは……？」

カッティングマットの上の麻の葉に切り出した紙を不思議そうに見る。

「どこかで見たような……」

そう言いながら天井を見あげ、はっとしたような顔になる。

「これ、飯田の家の、障子……？」

「そう。わかった？　この文様、麻の葉って言うんだって」

「すごくきれいだけど……。切り出すの大変だったでしょ？　なにに使うの？」

「ここに裏から障子紙を貼って……。ふたつ折りにして、カードにするの。組子障子のカード。和紙の部分から中身が透けて見える、って感じにしようと思ってるんだけど」

「へええ。面白いじゃない」

母はカードをそっと開いたり、閉じたりした。

「まあ、とにかくごはん食べよう。もう七時過ぎたし。わたしもまだ仕事あるけど、あとは食べ終わってからにしよう」

「わかった。なんにする？」

早く続きをしたくて、そう訊いた。

「そうね。じゃあ、今日は非常お助け用の冷凍ハンバーグと冷凍スープを使うか。ごはんはお昼に炊いたのが残ってるし」

「うん、そうしよう。じゃあ、作ろう」

立ちあがり、母とキッチンに向かった。

さっと作り、さっと食べて、さっと片づけ。そうしてまた部屋にこもる。

いよいよ障子貼りだ。障子用に使う和紙をカードの表紙と同じ大きさに切る。いらない紙の上に置いた枠のカードにスプレーのりを吹きつける。紙を外し、枠のカードに和紙を貼る。ここがいちばん緊張するところだ。

そういえばむかし飯田の家で障子貼りを手伝ったことがあったっけ。あれもむずかしかったなあ。曲がるし、たるむし、皺(しわ)が寄るし。おじいちゃんとおばあちゃんはさっさと貼っていっていたけど、わたしが貼ったところはなんか少し不格好だった。

でも、今回は失敗したくない。せっかくここまで細かく切ったんだから。

よし、行こう。大きく息を吸って、和紙を持つ。息を止め、下をそろえて固定、曲がらないように、皺にならないように貼っていく。

まずい、曲がる。貼ってはがせるスプレーのりだからちょっとくらいなら大丈夫なはず。そっとはがし、微調整。なんとか真っ直ぐになった。

ふうっと息を吐く。

できた。自分で言うのもなんだが、障子そっくりだ。

緊張しながらもう一枚も貼った。

完成。こんな小さなものだけど、ものを作るってやっぱり大変だ。

母に見せようとカードを持ってリビングに出ると、母も仕事が終わったのか、休憩なのか、ちょうど部屋から出てきたところだった。

「お母さん、できた」

駆け寄ってカードを見せる。

「うわあ、障子だね」

母がカードを広げ、光に透かす。

「いいじゃない。きれい。すごく素敵」

そう言って、目を細めた。

「なんか、飯田の家を思い出した。子どものころ、よくぼんやりあの障子の影を見てたなあ、って」

しみじみとした口調で言った。

「見てると落ち着くよ、このカード。百花、やっぱりこういうの向いてるのかもね」

「そうかな」

予想以上に褒められて、なんだか照れくさい。

「これ、紫乃にも見せてみない？」

「いま？」

「もうお店も終わったでしょ。メッセージ、送ってみたら？」

時計を見ると十時過ぎ。叔母の店は日曜は八時半まで営業している。お客さんがいると閉店時間が延びることもある。それから片づけをするが、そろそろ家に帰ってくるころだ。

メッセージを送ると、すぐに返事がきた。ちょうどマンションに着いたところだったらしい。部屋に戻る前にちょっと寄るね、と書いてあった。

ほどなく、叔母がやってきた。

カードを見せると、すごいじゃない、と驚いた顔になる。

「なんか、飯田の家を思い出すね」

しばらくして、しんみりとつぶやく。

「そう。あの組子細工の障子」

母も微笑む。

「うん。わたしもあれ、好きなんだ。それで、形にしたいと思って」

「そうかあ」

叔母がふうっと息をついた。

「飯田の家ね、なくなっちゃうかもしれないんだよ」

「えっ」

叔母の言葉に驚いて、母の顔を見た。

「ほんと？」

「うん。まだ先のことだと思うけどね。兄さんが言ってた」

母と叔母には兄がいる。今村家の長男、わたしから見ると伯父(おじ)である。家族といっしょに飯田の家に同居している。三年前、祖父が亡くなったので、あの家は祖母と、伯父の一家が暮らしている。息子と娘、つまりわたしのいとこたちは、もうふたりとも大学を出て、働きはじめている。

「やっぱり、古い家は住むにはいろいろ不便なんだって。寒いし、修理にもお金がかかるし。おばあちゃんが生きているうちはそのまま住むだろうけど、子どもたちもそのうち結婚して家を出るだろうし、夫婦ふたりになったら建て替えるか、ほかに新しい家を買って越すかも、って」

「そうなんだ……」

知らなかった。なんとなく、あの家はずっとあそこにあるものだと思っていた。でも、住みにくいのはわかる。夏はいいけど、冬に行くとすごく寒い。たまに行くわたしには新鮮でも、ずっと住んでいる人にとっては不便なことがたくさんあるだろう。ちょっとさびしい気はするが、仕方がないことなのかもしれない。

「あそこがなくなると思うとわたしたちもさびしいんだけどね。でも、東京のマンションで不便なく暮らしているわたしたちが口はさめることじゃないし」

叔母がつぶやく。

「まあ、でも、まだ先の話よ。それに、あの建物もかなり古いから、保存したい、っていう話もきているらしいの。だから、まだわからないよ」

母は言った。

「ねえ、百花」

しばらくカードを見つめていた叔母が口を開いた。

「なに？」

「これ、一枚貸してくれる？」

「いいけど……。なんに使うの？」

「一成くんに見せてみる」

「え、あの人に……？」

意外な言葉に驚く。あの気むずかしそうな人に、これを……見せる……？

「障子に使ったこの和紙、一成くんの店で買った和紙でしょ？　ちょっと見せてみたいの。組子障子の話もしたいしね」

「え、でも……」

ちょっと怖いんだけど、と言いそうになって黙った。

なんか言われたら凹むだろうなあ。これでも一生懸命作ったんだし、我ながらいいアイディアだと思ったし、自画自賛しているうちがいちばん楽しいのかも。ちょっとしたことでも文句つけられたらきっと気持ちがしぼんでしまう。

でも、組子障子の話をするためにカードを見せるだけじゃないか。それにあの人だって、ちょっと変わっているけど、一介の大学生の作ったものにケチをつけたりはしないだろう。

「わかった。どっちの色にする？」

開き直って訊いた。

「どっちもいいわねえ。百花はどっちがいいの？」

「木の色の方が障子っぽいけど、グレーの方があとに作ったから、出来はいいと思う」

「じゃあ、グレーにする。見せるだけでちゃんと返すからね」

叔母（おば）はにこにこ笑ってそう答えた。

数日後、叔母からメッセージが来た。

――一成くんに見せたら、カード、気に入ってくれたみたい。ちょっと話してみたい、って。わたしも近々ふじさき記念館に行く用事があるから、いっしょに行かない？

そう書かれていた。

思わずかたまった。気に入ってくれた？　ちょっと話したい？

気に入ってくれたのはうれしいけど、あの人と話すのはやっぱりちょっと怖い。

――大丈夫かな？

それだけ書いて送る。

――大丈夫、って？

叔母からすぐ返事が来た。

――あの人、なんとなく少し怖くて……。

――大丈夫だよ。わたしもいっしょだから。それに褒めてたもん。だから大丈夫だよ。いつが都合がいい？　お店が休みの火曜か水曜がいいんだけど。

叔母はもう、わたしも行くもの、と決めてかかっている。火曜は一日中授業があるが、水曜の午後はない。

——水曜の午後なら空いてるけど……。

断りきれず、そう書いた。

——じゃあね、今度の水曜に。待ち合わせの場所と時間はあとで連絡するね。

行くことになってしまった。はっきり断れない自分が情けない。スマホをポケットに入れ、はあああっと大きくため息をついた。

6

水曜日、授業が終わったあとひとりで日本橋に向かった。はじめて行く場所なので、少し緊張した。髙島屋の前で待ち合わせ、と言われていたので、標識を頼りに地下道を進む。少し迷ったが、なんとか地上に出た。

広い道路に大きな建物。古い石造りのような建物も多い。思わずきょろきょろしてしまう。母や叔母とときどき行く銀座と少し似ているが、より重厚で、落ちついた雰囲気だ。

「百花、お待たせ〜」

叔母の声がした。ふりむくと髙島屋の紙袋をさげた叔母が立っている。

「ごめんね、約束より早く着いちゃったから、買い物してた」

髙島屋のなかから出てきたらしい。

「手土産のお菓子買おうと思ってはいったんだけど、魅力的なものがありすぎて……。あとでいっしょに寄ろう。素敵なお茶のお店もあったから」

「あ、はい……」

叔母のにこにこ顔に押されながら答えた。

「じゃあ、行こうか」

叔母が歩き出す。髙島屋本館の横の道にはいり、歩いていく。髙島屋の裏で右に曲がると古そうなビルがならんでいた。そのなかのひとつの前で立ち止まる。

「ここ、ここ」

タイル貼りの小さな入口からはいって、奥にあるエレベーターに乗った。狭くて、電気も少し薄暗い。

エレベーターが四階にとまる。降りると、目の前の壁に「紙屋ふじさき記念館」という看板がかかっていた。なかをのぞくと、薄暗いフロアの真ん中に展示物が置かれているのが見えた。入場は無料らしいが、客はひとりもいない。

たしかに流行ってないな。さっきまでの高級感あふれる日本橋の風景とはそぐわないさびれた雰囲気で、営業しているのかどうかも怪しい感じだ。なかは赤い絨毯敷だがなんとなく古びている。

監視員もいないし、どうなってるんだ。なんの音もしない。大丈夫なのかな、ここ。

しずかすぎて、だんだん不安になってくる。

入口の横の壁際には引き出し式の木の棚が置かれ、右と奥の壁にはガラスケースがならんでいた。ケースにはいろいろな紙や古文書のようなものが展示されている。

真ん中には低い台があり、その上に木でできた大きな水槽のようなものや、古い道具がいくつも置かれている。紙漉き(かみす)きの道具らしい。横には工程を説明するパネルがあった。

ちょっとのぞいてみたい気もしたが、約束の時間が迫っているらしく、叔母は奥の方にある小さな扉にまっすぐ向かい、とんとんとノックした。

「一成くん、いる？　日日草の今村です」

そう言ってドアを開ける。

「百花、こっち」

叔母に手招きされ、あわてて駆け寄った。

ドアの向こうには大きな事務室が広がっていた。絨毯敷の記念館とはちがって、いかにもオフィスという感じの白い壁に、白いタイルの床。真ん中には応接セットが置かれている。

入口の横には奥行きの深い、大きな紙を入れるためのスチール製の引き出しが置かれ、向かいの壁にはスチールのオープンラックがならんでいる。オープンラックには無数の紙製品が詰まっていた。

そして、左奥は壁一面の本棚。その前に幅の広いデスクがあって、スーツ姿の男が座っていた。パソコンに向かっている。藤崎さんだ。

「ああ、紫乃さん。依頼されていた品、サンプルができてますよ」

藤崎さんが立ちあがり、中央の応接テーブルを指す。

「いまお茶淹れますから、かけて確認していてください」

そう言って右手にある給湯室にはいっていく。叔母がソファに座る。わたしもとなりに座った。

テーブルにはハガキサイズのカードが三枚置かれていた。近く叔母の店で開かれる作家のグループ展の案内状らしい。それぞれ風合いのちがう紙に個展の概要が刷られている。

叔母の店では、中央のテーブルで一週間単位で作家の個展やグループ展を開く。ふだん案内状は作家やそのグループに作ってもらうのだが、今回は叔母がセレクトした作家を集めた、年に一度のお店主体の展示だから、案内状も店で作るらしい。

「写真とか、載せないの？」

「そう。今回はね。毎年たいてい各作家の作品の写真を組み合わせて作るんだけど、今回はあえて入れなかったの。この前の紙こもの市で活版印刷の工房の商品を見てたら、文字だけで勝負してみたくなって」

それで、ここで扱っている紙を使い、藤崎さんの紹介で、和紙の印刷にも慣れている活版の印刷所に頼んだらしい。

藤崎さんが戻ってきて、テーブルにお茶を置く。

「それぞれ面白みのある紙を選んだつもりですが」

「そうね、どれもすてき。器が好きな方は質感に敏感だから、喜ばれると思うわ」

叔母（おば）はうれしそうに答える。

「活版印刷ですから、手で一枚ずつ刷るなら耳付きの紙にも印刷できます。ただ、紙代も印刷代も高くなる。だから、ほんとの上客だけこういう耳付きの紙にして……」

藤崎さんはそう言って、端にもやもやした繊維が出ている紙を指した。耳付き、というのは、こういうもやもやのある紙のことらしい。

「ほかは自動機でも刷れる紙……こういう洋紙にするっていう手もありますよ」

「耳付きの和紙はかなり特別感があるし、目を引くわね。でも、こっちの紙も風合いがあっていい」

叔母はふたつを見くらべる。

「この紙は活版印刷との相性がいいですからね」

「そうね、じゃあ、そうするわ。これとこれ。やっぱり耳付きの紙も捨てがたいもの」

叔母がそう言って、二種類の紙を指した。それぞれの枚数を相談し、見積もりを出してもらうことになった。

「さてと。次はこの前の障子のカードの件ですね」

藤崎さんがわたしの方を見た。

「このカード、あなたが作ったとか」

奥の机の上から、わたしの作ったカードを持ってきた。

「え、ええ。そうです」

居心地が悪くなり、うつむきそうになる。ダメだ、負けるな。目を伏せないようにじっと前を見た。顔、こわばってるんだろうなあ。うう、いやだ。

「技術的には拙(つたな)いが、アイディアは悪くない」

藤崎さんの言葉に驚き、思考が止まった。

そうですか、と言いそうになり、ちがうちがう、と心のなかで首を振る。

「ありがとうございます」

あわてて少し頭をさげた。

「まず長所から言います。日本家屋は和紙でできている部分が多い。そのことをうまく利用している。つまり、単に雰囲気ではなく、和紙を使う必然性がある」

「はい」

自分でも意識していた点だったから、そのことを指摘されて少しうれしくなった。

「次にただの障子ではなく、組子障子にした点に工夫を感じました。単に和室っぽく作っただけでは、海外からの観光客用の土産物にしかならない。組子という伝統的かつすぐれた意匠を使ったことで、和室に馴染(なじ)んだ日本人の目にも新鮮でうつくしく映る」

はあ、と言いそうになって、口をつぐんだ。

「あと、枠をグレーにしたのもよかった。木の色にした方がわかりやすいが、グレーにしたことで、障子を思わせるが障子そのものではなく、抽象的な形になった。まあ、これは好みの問題もありますが」

矢継ぎ早に言われ、どう反応したらいいかわからなくなる。ちらりと叔母を見ると、くすくすと笑いそうな顔になっている。

「次に欠点です」

「はい」

急に気持ちが引き締まり、背筋がのびた。

「まず、技術的な問題。細工が粗い。組子を切り取るのがむずかしいのはわかりますが、このままでは商品にはならない」

いや、これはあくまでも大学生の工作で……。美大の課題とかではなく……。そう言い訳しそうになって、口を閉じる。やめよう。どんなときでも言い訳は見苦しい。

「それからカードの構造です。いまは表紙全面が障子のような形だ。そうすると開いたときどうなるか」

藤崎さんがカードを開いた。

「左側のページは格子に和紙が貼ってあるから、当然なにも書けない。右側は一見どこにでも書けるように見える。だが、実際に書いたらどうなる？　表紙を閉じたときすべてが透けてしまう。これは書く側の立場に立つと、とても書きにくい」

「あ……そうですね」

はっとした。その通りだ。できるだけ格子を全面にしたかったけれど、これだとカードとして使いにくい。

「デザインにも問題があります。まず、ハガキの形だと横に広すぎて障子らしく見えない。こういう縦横比の障子もあるだろうが、一般の人には馴染みがない」

それもそうかもしれない。飯田の家の障子ももっと縦長の形だった。ハガキサイズにしてしまったのは、カードとしてよくある形だから、というだけだ。

「それに、組子の大きさが中途半端です。比率的に障子らしく見せるなら、もう少し細かい方がいい」

いや、それはカッターで切るときの限界があって……。これでもできるかぎり細かくしたんですよ。そう言いそうになっておさえる。

そもそも、なんでこんなにたくさんダメ出しされなくちゃならないんだ？　もっともな意見ではあるけれど、どうしてわざわざここに呼び出して……。

「実は、来月また紙こもの市があるんです。今度は横浜。東京ほど大きくはないが、来場者は多い。例によってうちも参加しなければならない。そこで、このカードを製品化して、販売したいと思った」

「え……」

一瞬、言われた意味がわからず、呆然とした。

「これまでも何度かああいうイベントに参加してきたが、どうも成果があがらない。今回、紫乃さんからも、もっとかわいい小物や手に取りやすい商品を作るべきだ、と言われました。まあ、似たようなことはほかからも何度か言われてきたんですが」

なるほど、指摘はされていたんだ。

「僕は、かわいいものがあまり好きじゃない。いや、厳密に言うと、かわいいもの自体は嫌いじゃない。だが、自分でそれを作りたいとは思わない。さらに、僕にとって紙はかわいいものではなく、もっと……」

目を閉じ、考えこむ。

「おごそかというか、きよらかというか……」

はっとした。おごそか。きよらか。紙屋ふじさきの紙を見てわたしが感じていたそのままだった。

「もちろん、小さくかわいらしいものもあるが、なんというか……。要するに、単にかわいいだけのものを作る気にはなれない、ということです」

この人、ほんとに紙が好きなんだな。そのときなぜかそう思った。

「だが、この組子障子のカードは製品化しても良いと感じた」

「はい……」

褒められたということなのか？

「それで早速君の作った形をもとに、設計図を描いてみた」

「設計図……ですか？」

意味がわからずぽかんとする。

「数を作るためには、ひとつひとつ定規と分度器で線を引いて作るわけにはいかないからね」

定規と分度器。まさにそうやって作ったわけだが、ほかにどうやって作れと言うんだ。藤崎さんが立ちあがり、奥のデスクに行く。わたしたちもあとについて移動した。藤崎さんがさっきまで見ていたパソコンのマウスを操作し、画面にデザイン用のソフトを立ちあげる。

うわ。思わず声に出しそうになる。

画面には精密に描かれた組子障子のカードのデザインがあった。

「君のカードの欠点を補うためにいくつか変更した。まず、カードはふたつ折りではなく、三つ折りにする。『巻き三つ折り』だ」

「巻き三つ折り？」

「内側に巻くようにする折り方だ。こんなふうに」

藤崎さんはデスクの上の紙を折った。紙には三等分された折り目がついていて、その両側を真ん中に向けて折りたたむ。

「いまは内側から見た形だが、この左側を障子にする。最初に右側を折りたたみ、次に障子の側を折りたたむ。すると、外から見たときは右側の紙の外側が透ける形になる。

そこにはなにも書かない。さらに右側を開くと、真ん中と右側の内側を合わせた広い面が現れる。メッセージはそこに書く」

なるほど。たしかにこれなら外から見たときに透けない。

「三つ折りにすることで、全体の形が縦に細くなる」

たしかによく見かける障子のようなバランスだ。すっきりして、和のイメージが強くなったように思えた。

「組子の柄の大きさも変えた」

わたしの作ったものよりだいぶ細かくなっている。

「細かいですね。でもこんなの、切れるんでしょうか？」

「切れる人はいるよ。切り紙作家ならもっと細かい柄でも切り抜ける。でも今回は数が必要だからね。レーザーカッターで切る」

「レーザーカッター？」

「いまはそういう機械があるんです。パソコンで図形を組めば、どんなに細かい線でも切り出してくれる。そうだな、レーザーカッターで切り出したものは……」

藤崎さんが棚に立ったバインダーを抜き出し、開く。

「これとかね」

おそろしく複雑で細かい線でできた切り絵のクリスマスカードを取り出す。もみの木の向こうに家や教会が立ちならぶ。

「ポップアップになっているのもあるし、こういうのも……」

そう言って、鳥の羽のようなものを取り出す。一瞬、本物の羽かと思った。一本一本の羽毛がすべて切り出されていた。

「こんな機械があるんですか」

一枚ずつカッターで切り出していたあの作業は……。なんだか少し悲しくなる。

「どうかな？」

藤崎さんが訊いてくる。

「どう、って、なにがですか？」

「このデザイン案ですよ。この形でいいと思うか」

パソコンのディスプレイを指した。

「え、ええ、いいと思います」

自分が作ったカードより数段洗練されている。折り方も組子の大きさも変わっているし、残っているのはアイディアだけだ。

「じゃあ、これを製品化してもいいかな」

「も、もちろん、どうぞ自由に使っていただいて……」

「そういうわけにはいかない。アイディアは君のものだから、ちゃんと使用料は払う」

「え、ええっ、いえ、いいですよ、そんな。わたしのカードそのままの形じゃないし、この設計図もそちらで作られたものですし」

「いや、権利の問題もあるから、そういうわけにはいかないんだ」

「百花、相手は会社だから。そういうものなの」

それまで黙っていた叔母が言った。

「わかりました」

叔母が言うなら、とうなずいた。

「アイディア使用料は払うけれど、発案者として名前をクレジットすることはできない。作品じゃなくて雑貨だからね。作り手は黒子。それでもいいだろうか」

「もちろんです」

「ねえ、一成くん」

叔母が言った。

「製品を作るの、すごくいいと思うの。でも、イベントのときは接客も大事じゃない？　紙屋ふじさきのブースは、なんか、素っ気ないのよね。ほかのブースみたいなきらきら感がないっていうか」

「きらきら感……？」

藤崎さんが、なんだそれは、という顔になる。

「百花は手先が器用だし、ディスプレイのセンスもあるのよ。うちの店でもよく手伝ってもらうの。だから、イベントの当日も手伝ってもらったら？」

え、えええっ。叔母さん、勝手になに言ってるの？

「なるほど。ああいうイベントは女性客が多いからなあ。たしかに女性スタッフがいると心強いかもしれない」

嘘でしょう？　いや、無理です。和紙のこととか全然知らないし、機転もきかない。そう思ったが、口から言葉が出てこない。ああ、だから無理なんだって。こういうときにさっとしゃべれないいんだから……。

「じゃあ、頼もうかな。もちろんアルバイト料はちゃんと出す」

「いえ、わたしは……」

バイト料とかそういう問題じゃなくてですね。

「いいじゃない、百花。百花のアイディアで作った商品なんだから、お客さまの反応、直接見られるんだよ。そんな機会、滅多にないって」

「それはそうだけど……」

「イベントの日にちは？」

叔母が藤崎さんに訊く。

「来月の最後の土曜です」

「百花、予定は？」

土曜は大学もないし、サークル活動もバイトもない。ほかの予定なんてまったくない。

「とくにないけど……」

「そしたら、やってみなさいよ」

尻込(しりご)みする。とんでもないことになってしまった。

「いいよね？」

「あ、う、うん」

叔母の押しの強さに負けて、ついうなずいてしまった。

「引き受けちゃったけど、イベントの手伝いなんてできるかなあ」

帰り、叔母とふたりになると、本音が出た。

「大丈夫よ。ともかく、この前の紙屋ふじさきのブース見たでしょ。閑散としてて……。あれより悪くなることは絶対にないから。考えてもみなよ。あの目つきの悪い怖いお兄さんがひとりでやってるよりは、若い女の子の売り子の方が絶対にいいって」

叔母の言葉は全然励ましになっていない。

「それにねえ、一成くんって馬鹿正直だから、考えてることがすぐ顔に出るのよ」

「そうなの？」

叔母にはわかるのか。わたしには終始無表情に見えるけど。たしかに客商売をしている叔母は、人の気持ちを察するのがうまい。野生の勘なんだろうか。

「滅多に人のこと褒めないし、あんな言い方だけど、あのカードのこと、一成くんにしては最大限に褒めてたと思うよ」

「そうなの？」

欠点ばかり指摘されている気がしたが、たしかにアイディアは悪くないと言っていた。

「それにどちらかっていうと、人見知りな性格だからね。とくに嫌いなタイプに対しては。嫌がってるのが顔に出ちゃう。バイト頼もうってくらいだから、百花のことはそんなに苦手じゃなかったんじゃないかな」

　叔母は笑った。

「百花がディスプレイうまい、って言ったのもほんとだよ。わたしよりずっとうまい。いつもそう思うもん」

「そう？」

ディスプレイはいいのだ。人と会わないから。

でも……。わたしもこのままでいいわけがない。あと二年もしないうちに就活がはじまるんだ。コミュ障とか言っている場合じゃない。バイトも事務ばかりで接客がある仕事を避けてきたけど、いつかは訓練しなくちゃならない。

はうっと息を吐く。それに叔母の言う通り、この前より悪くなることはないだろう、きっと。

「でも、あの人、ちょっと変わってるよね。叔母さん、どうやって知り合ったの？」

「うちによく来るお客さんから紹介されたのよ。顔の広い人でね。わたしが箱のことで相談したら、いいところがある、って教えてくれたの」

「へえ」

「紙の見立てはたしかだし、紙選びだけじゃなくて、加工できるところにもくわしいから、それからはずっとお世話になってる。でも、全然宣伝してないのよね。だから人から人への紹介だけ」

「記念館の仕事があるからそれでいい、ってこと？」

「う一ん。わたしも最初そう思ってたけど……。余技っていうか、そういう仕事は趣味でやってるのかな、って。でもそうでもないみたいね」

「どういうこと？」

「あの記念館、どう見ても流行ってないじゃない？」

しばらくしてそう言った。

「う、うん。そうだね……。はいったときだれもいなかったし、監視員とか、いなくていいのかな、って」

「ちゃんとカメラがついてるから大丈夫なんだって。一成くんはいつもあの部屋にいて、カメラにだれか映ったら出て行くから、って。けどねえ」

入館無料だったけど、会社としてはほんとにそんなんでいいのか。

「資料的な価値があるものも置いてあるみたいだけど、あんまりお金かけられてないんじゃないかな。自社ビルだし、会社としては記念館といっても資料庫に毛が生えたものくらいの位置づけなのかも。どちらかというと紙のコンサルタント業の方がメインの仕事なんだと思う」

「なるほど。じゃあ、紙こもの市は？」

「そっちもどう見てもうまくいってないよね。でも、記念館もあるんだし、会社の知名度をあげるために、イベントに出ろって言われてるみたい。一成くん自身は興味ないと思うんだけど」

「うん。そんな感じ、する」

「一成くんは『かわいい紙小物』を作りたいわけじゃ、ないから。だけど、いまものを売ろうと思ったら、『かわいい』は大事だよ。器だってそうだもの」

叔母がきっぱりと言い切った。

「もちろん、子どもっぽいかわいさじゃないんだけど。工芸品というよりもうちょっと親しみやすい、雑貨っぽい感じ……。知識じゃなくて、感覚で選ぶ。いまはそういうものを好むお客さんが増えた気がする」

「そうなんだ」

わかったようなわからないような。

「ともかく、イベントは一成くんの意思で出てるんじゃないんだと思う。会社からそこである程度業績あげろ、って言われてるから出てるだけ。だけど、なにをしたらいいかわからない。どうすればいいか見当はつくけど、同じことはしたくない、みたいな」

一種のあまのじゃく？　いや、紙というものに対する信念みたいなものだろう。

「でも百花のカードを見て、これならやってもいい、って思ったんじゃないかな」

けっこう不器用な人なのかもしれない。だけど、わたしも器用とは言えない。手伝うのがわたしで良いのか、ますますわからなくなった。

「そうなのかなあ……」

7

二週間後、藤崎さんからメールが来た。組子障子のカードの試作品ができたから、見に来るように、と書かれている。これがまた用件だけの素っ気ない文面で、ちょっと怖い。しかも今回はひとりで行かなければならない。叔母の助けは借りられない。

だが、引き受けてしまったのだ。仕方なく日程を調整し、大学が終わったあと日本橋のふじさき記念館に出向いた。

またしても地下で迷いそうになったがなんとかビルにたどりつき、この前のエレベーターに乗る。記念館には今日も人がいない。心もとない気持ちで、この前の叔母のように奥の扉をノックした。

なかからかすかに、どうぞ、という声が聞こえてくる。おそるおそるドアを開いた。

「試作品はテーブルに置いてあります。それを見ながらちょっと待っていてください」

藤崎さんはふりかえることなくパソコンをにらみながらそう言った。言われた通り、ソファに座り、テーブルの上の紙を手に取る。

これは……。

すごい。すごくきれいだ。精緻で、わたしが作ったカードより二段階、いや三段階くらいグレードアップしている。これがパソコンとレーザーカッターの力？　定規と分度器でできるかぎり正確に線を引き、カッターで丁寧に切り出したつもりだった。もちろん熟練した職人ならもっときれいにできたのだろう。だがわたしの腕には限界があった。この寸分の狂いもない直線にはかなわない。

「どうかな」

しばらくして藤崎さんがやってきて、ソファにどんと腰かけた。

「きれいだと思います。わたしが作ったのとはくらべものにならない」

「レーザーは正確ですから」

「藤崎さんはレーザーカッターとか、最先端の技術を使うのには抵抗ないんですね」

「ない。伝統のある和紙は素晴らしいが、それは優れた技術の蓄積があるからです。伝統工芸ならではの正確さがある。僕は別に手作業の味わいが好き、というわけじゃないんだ」

なるほど、そうなのか。

「それに、いま人の手でレーザーと同じ精度の切り絵を仕上げようとしたら、お金がいくらあっても足りませんよ」

「それはそうですね」

「あと、枠の方の紙のグレードもあげました」

質感も高級感もアップしているのはそのせいだったのか。組子細工も、麻の葉だけでなく、二種類別の文様があり、紙の色もいくつか種類があった。

「組子、麻の葉のほかにも試してみたくなってね。こちらは籠目で、こちらは青海波」

籠目は編んだ竹かごの目のような形。六角形と小さな三角形の組み合わせで、見ようによっては六芒星がならんでいるように見える。青海波は波がいくつも重なっているような形。どちらも単純なパターンのくりかえしだが、とてもきれいだ。

「どれがいいと思う？」

「三種類ともいいと思いますが……」

優柔不断な答え方をしてしまった。

「三種類とも？」

「そうですね、この前のイベントでいろいろなブースを見ましたが、同じシリーズでいくつか種類があるパターンが多かったです。色のバリエーションがあったり。同じものをたくさん作るより、いくつか種類があった方が選ぶ楽しみがあるというか……」

「選ぶ楽しみね。そういうものなのか」

藤崎さんが少し首をひねる。

「色も複数にして、たとえば文様ごとに二色ずつにすれば全部で六種類になりますし、品数も多く見えるんじゃないでしょうか」

「なるほど」

「同じ文様でも色が変わると印象が変わりますから。それに、たくさんならべるときれいじゃないですか。ここにある色、どれも素敵です。グレーやベージュのようなベーシックな色もいいですけど、青海波の紺もいいですね」

箱でもカードでも、たくさんならんでいるから惹(ひ)きつけられてしまうというのもある。色や柄がたくさんならんでいるのがいいのだ。

「あと、封筒やパッケージはどうするんですか？　枠の色と封筒でコーディネイトするとすごく映えると思います」

この前の紙こもの市のブースのことを思い出しながら言った。単色のカードでも、別色の封筒がついていると、その取り合わせのうつくしさでカード単体より素敵に見えたりした。

「そうか、みんなそういうことをしているのか」

妙に感心したような表情だ。カード自体の設計にはあれほどどうるさかったのに、パッケージについてはまるで考えていなかったらしい。

「わかった。考えてみる。まずはどれを何色で刷るのがいいだろう」

「そうですね、どの模様もベーシックな色を一色と、少し冒険した色を一色にしたらどうでしょう。麻の葉は緑、青海波は紺、籠目はそうですねえ、辛子(からし)色とか？」

サンプルのなかから色を選び出し、ならべる。カラフルでとてもきれいだ。相談しなから、文様と色の組み合わせを決めた。

「それと、紫乃さんから言われたんだが……イベントのときの接客が良くない、って」

方針が決まったあと、藤崎さんが言いにくそうな顔で訊いてきた。

「ぶっきらぼうだ、とか、親しみが感じられない、とか。でも、正直よくわからない。訊かれたことには答えるようにしてるつもりだし。そもそも客なんて来ないし」

「うーん」

思わずうなった。ある意味、わたしよりまずい。わたしはいちおう接客が苦手だ、とわかっているが、この人は接客がなんなのかわかっていない可能性がある。

「ふつうの人からしたらちょっと怖いと思う、って。君はどう思った?」

そう言われて、しばし答えに詰まった。

「そうですね。ちょっと……怖かったです」

迷った末、正直に言った。

「怖かった?」

藤崎さんの表情が固まっている。

「僕は、店の人に声をかけられるのが苦手で……。声をかけられると店を出てしまうことがけっこうあるんだ。だから、あまり話しかけない方がいいのかと……」

わかる、と思った。わたしも服の店が苦手な理由はそれなのだ。買うと決めたわけじゃないし、そっとしておいてくれ、と思う。だから店員さんが近づいてくると店を出てしまう。

「それはわかる気がします。でも、イベントの場合は、作家とのコミュニケーションが楽しい、っていうお客さんも多いみたいですし」

「そうなのか」

　この人はそんなに怖い人じゃないのかもしれない。ちょっと不器用なだけ。とはいえ、これは困ったことだ。商品は作れそうだけど、こんなわたしたちふたりで客が呼べるかどうかは大いに不安だ。

　こんなとき莉子だったら……。

　そうだ、明日大学で莉子に相談してみよう。ほんとは売り子も代わってもらいたいくらいだけど、さすがにそういうわけにはいかない。だが、莉子のことを思い出して、少し心が軽くなった。


「ねえ、莉子」

　翌日、三限の授業は莉子といっしょだった。授業が終わったあと、教室を出ようとする莉子をつかまえた。

「なに？」

「ちょっと相談があるんだけど……。今日、このあと空いてる？」

「相談？　いいよ。四限はいってるけど、そのあとなら」

莉子はあっさり言った。

「わたしも四限はあるんだ。じゃあ、四限終わったあと図書館前で待ち合わせでいいかな？」

「いいよ。でも相談、ってなに？」

莉子が興味津々という顔になる。

「たいしたことじゃないんだけど。今度ちょっとしたアルバイトすることになって、それが販売関係なんだよね。で、接客のこととか……」

「なるほど。そういうことならまかせなさい、って。カフェバイトもずいぶんやってるし、得意分野だから」

カフェバイト……はちょっとちがう気もするが、まあ、細かいことはあとで話そう。

「じゃあ、あとでねー」

莉子は手を振って階段をのぼっていった。

授業終了後、図書館前に行った。待っていると莉子がやってきた。

「話するんだったら図書館じゃダメだね。庭カフェに行こうか」

庭カフェとは大学の中庭に面した軽食堂で、お昼どきには軽いランチを食べられる。メニューがおしゃれなので、女子に人気がある。ランチタイム以外の時間も開放されているから、学生たちの憩いの場だった。

となりの売店でドリンクを買って、庭カフェにはいる。四限後なのでけっこう空いていた。サークルかゼミの集団がテーブルをくっつけて占拠しているほかは、ふたりか三人のグループがぽつりぽつりといるくらい。

莉子とふたり、比較的しずかな窓際の席に座った。

「それで、バイトって?」

莉子に訊かれ、これまでの経緯を話した。

莉子は叔母のことはよく知っている。前に母といっしょに大学祭に来たときに会っているし、うちに遊びに来たときに叔母の店にも少しだけ立ち寄った。莉子にピアスを渡したときに紙こもの市のこともすでに話した。

だから、そのあとのことだけかいつまんで説明した。障子をモチーフにしたカードを作ったこと、それが紙屋ふじさき記念館の人に気に入られて商品化されること、今度のイベントで販売することになり、ブースの手伝いをしなければならなくなったこと。

「なるほどねえ。要するに、これまで全然客の来なかったブースにお客さんを呼んで、そのカードを売らなくちゃならない、ってことか」

「イベント自体はすごい人だったのに、あのブースの前だけひっそりしてたんだよね」

「紙こもの市のことはネットでも調べたから知ってるよ。毎回すごい人出みたいじゃない?　あのイベントでひっそりしてるブースってたいがいだよ」

莉子が腕組みした。

「本来、集客は会社側が考えることで、バイトが責任を負うことじゃないと思うんだけど。でも、雇い主がコミュ障じゃあ期待できないか。売るのが百花発案のグッズとなると、やっぱある程度は売りたいしねえ」

うーん、とうなり、目を閉じる。

「そのグッズって、どんなものなの？　写真とか、ないの？」

「えーと、実物があるよ。試作品だけど」

「見せて」

莉子に相談するときのことを考えて、試作品のいくつかをもらって来たのだった。

「これはサンプルだから、実際の製品とは色が変わるんだけど……」

もらったのは使わないことになった配色のものばかりだった。

「うわ、なに、かわいいじゃん」

机のうえにならんだカードを見て、莉子が声をあげる。

「想像してたのと全然ちがう。和紙の店っていうから、もっと渋いものだと思ってた」

カードを一枚ずつ手に取り、じっとながめている。

「おしゃれだし、すっごいきれい。細工も繊細だし、模様も……」

「それはレーザーカッターっていう機械で切り出したからね。わたしが最初に作ったのはこんなに立派じゃなかったんだけど」

苦笑いしながら言った。

「これ、売れるよ」

莉子が顔をあげて言った。

「そ、そう？」

「うん。わたしもほしいと思ったくらいだから。和風だけどシャープで、ほっこりしすぎてない。こんなに完成度高いなら、絶対売れる」

きっぱりと言い切った。

「問題は売り方よね。その会社、サイトは？」

「サイト？　さあ、本社は大手企業らしいから、サイトはあると思うけど。記念館のはよくわからない」

「じゃあ、SNSのアカウントは？」

「記念館の、ってこと？　さあ、ないんじゃないかな」

藤崎さんはパソコンを使いこなしている雰囲気だったが、SNSみたいなものは嫌いそうだし、アカウントを持っているとはとても思えなかった。

「それじゃ、ダメだよ。本社のサイトじゃ話にならない。イベントに出るときの、その『紙屋ふじさき』の名前じゃないと」

「え、そうなの？」

「そういうイベントってね、会場で集客するのも大事だけど、いまは事前宣伝で人を呼ぶ時代なの。紙こもの市のアカウント見たけど、各ブースの紹介、ちゃんと流してたよ。

フォロワーもたくさんいた。つまり、えーと、最初から説明すると……」

まずは「紙屋ふじさき」の名前でアカウントを取る。イベント主催者やほかのイベント出展者のアカウントを片っぱしからフォローし、あいさつ。主催者やほかの出展者の投稿を見たら必ず拡散。

そして、自分の製品も写真入りで紹介する。イベント主催者は集客のために拡散してくれるし、ほかの出展者も紹介してくれるかもしれない。

「え、でも、あと一ヶ月しかないんだよ……」

「一ヶ月あればじゅうぶん。写真が一回でもバズれば……」

「バズる？」

莉子たちがよく使っている言葉だ。

「たくさんフォロワーのいる人が拡散してくれると、連鎖でいろんな人が拡散してくれるんだよ。もともとは虫がぶんぶんする、って意味みたいだけどね」

「そうなんだ」

莉子に言われてSNSをはじめたものの、どうやって使ったらいいかさっぱりわからず放置していたから、全然わからない。

「そうすれば自動的にフォロワーも増える。まあ、悪い意味でバズることもあるけどね。いわゆる炎上、ってやつ。そうするとちょっと面倒なこともあるけど、きれいなものの場合はたぶん大丈夫」

「そういうものなんだ」

「こういうの好きな人多いと思うし、とにかくやった方がいいよ」

「でも、藤崎さんが賛成するかなあ」

「いまはお店だってみんなSNSの拡散力に頼ってるからね。わたしがバイトしてたカフェもそうだよ。お客さんに投稿してもらうことで集客するの。もちろんお店もアカウント取って、情報発信する」

たしかにSNS歓迎とか、SNSで割引、なんて書かれた店もよく見かける。

「イベント来る人だって、たいてい事前にどのブースに寄るかネットでチェックしてるはずだよ。もちろんそういうのなしに来る人もいるけど、事前宣伝がうまくいってるところにまず人が集まる。人がたくさんいると、なんだろう、ってなってまた人が来る。やらなかったら負ける」

莉子は言い切った。こんなふうに強く言えば、藤崎さんも納得してくれるかもしれないけど……。うーん、莉子に説得してもらいたいよ。

「写真だってただ漫然と撮るんじゃ、ダメなんだよ。人を惹きつける写真にしないと」

「え、そんなの無理だよ。そんないいカメラ持ってないし」

「スマホで大丈夫。全然問題ない」

「そうなの？」

「最近はみんなスマホだよ。撮り方はわたしが教えてあげる」

莉子のSNSにはいつもかわいいケーキやパフェ、きれいな風景の写真が載っていて、けっこう人気がある。学内の友だちだけではなく、外部にもたくさんフォロワーがいるらしい。

「え、ほんと？」

「じゃあ、とりあえず藤崎さんにメールで訊いてみる」

「そうだね。アカウント作ることになったら、また相談して」

莉子の笑顔が頼もしかった。

家に帰ってから、藤崎さんにメールした。

集客のためにサイトとSNSのアカウントを作ることを提案すると、すぐに返事が戻ってきた。サイトはないが、アカウントはすでにあるらしい。一年ほど前にもだれかに同じことを言われ、作ってみたもののなにもすることがなく、放置になっていたと言う。なにもすることがない。

画面を前にひとりうなずく。わかる。わたしもそうだから。藤崎さんを責められない。こういう場合、どうしたらいいんだ？ よくわからなくなって、莉子にメッセージを送った。

——わたしが「中の人」やります、って言ってみたら？

莉子からすぐに返事が来た。

——え、わたしが？　自分のSNSにも書くことないのに？

——いや、なまじそういうのが得意な子は、自分の色を出そうとするから、かえってよくなかったりするんだよ。うちのカフェも当番制でやってて……。ある程度の色はあった方がいいけど、店のイメージと合ってないとダメだから。

——それはそうかもだけど……。

——まずは写真あげるだけだからさ、文面はシンプルに。投稿する前に上の人にチェックしてもらうようにするといいと思うよ。

——わかった。

シンプル……。言いたいことはなんとなくわかった。

——ところで、そのアカウント、なんて名前？

「紙屋ふじさき」、そのままみたいだけど。

しばらく間が空いた。

——あった、ああ、これか。

莉子のメッセージが返ってくる。

——これじゃ、ダメだよ。百花も見てみて。

そう言われて検索してみる。候補に出て来た「紙屋ふじさき」をタップした。

——アイコンも背景画像もデフォルトのまま。プロフィールも一行だけ。投稿もほとんどなし。これじゃだれも見てくれないよ。

――そう、だね。

わたしがアカウントを取るときにも莉子にそう言われた。アイコンと背景画像はちゃんと入れろ、と。

――まず「中の人」やってもいいか訊いて、それから明日、さっきのサンプルもう一度持って来て。午前中がいいな。授業ある？

――うん、二限から。

――じゃあ、一限に撮ろう。一限はじまる時間に庭カフェで待ち合わせ。

カードを撮影するくらい三十分もあればじゅうぶんなんじゃないかと思ったが、莉子によれば、いろいろ手間がかかるらしい。

どんどん面倒なことになって来たな、と激しく後悔した。だが、こうなった以上、藤崎さんに訊くしかない。藤崎さんに内容をチェックしてもらうことを前提に「中の人」をやってみたい、とメールした。

やってみたい……。いや、全然やってみたくないんだけど！

送ったあとまたしても後悔したが、あとの祭りだ。すぐに藤崎さんから返事が来た。

――そうしたら、頼む。

あっさりそう書かれていた。一行だけのメール。喜んでいるのか、図々しいと腹を立てているのか、それとも無関心なのか。さっぱりわからない。

やっぱり、怖いよ……。

メールを閉じ、ため息をついた。

8

翌日、少し早めに大学に行き、莉子と商品写真撮影を行った。

莉子が言うには、スマホで写真を撮るなら自然光がいちばんらしい。しかも午前中の光がいい。外だと光が強すぎるので、室内で、窓から少し離れたところがいいのだと言われ、ふたりでうろうろ使われていない教室を探した。

だれもいない教室を見つけてはいりこみ、カードを出して机に置く。だが莉子は、この机に置くだけじゃダメだと言う。

「背景ってすごく重要なんだよ。SNSでアクセサリーとかをいい感じに撮ってる人は、みんな下にきれいな布を敷いたりしてる」

「なるほど」

「今回みたいな商品の場合は、ナチュラルな木の感じが合いそう」

「ナチュラルな木? そんなのどこにあるのよ?」

雑貨店に置いてあるような木のテーブルのことだろうが、大学にそんなものあるはずがない。叔母(おば)の店の机だったらいい感じに撮れたかもしれないけど。

「だから、持って来た」

莉子が大きなカバンを開け、なかからまな板を取り出す。まな板と言っても、ナチュラル系の雑貨店で売られているような、木目のはっきりしたおしゃれなやつ。

「まな板……？」

「カッティングボード」

莉子が言い直す。

「このカードの大きさなら、机までいらない。このボードでじゅうぶん」

「はあ、なるほど」

「カードには厚みがないから、影のことはそこまで気にしなくていいね。この上にカードを置いて……」

いくつか机を移動して、光の加減の良いところを探す。

「うん、ここかな」

莉子がスマホの画面で確認し、写真を撮る。全体がはいるように真っ正面から撮ったり、格子の部分を拡大して少し角度をつけたり。撮った写真を確認すると、少し角度をつけたものは紙の質感がよく出ていた。

「へえ、すごい。いいね。ただ撮ったのとはやっぱちがう」

わたしがそう言うと、莉子は、でしょ、と笑った。

「あと、このカードはじめて見たときから思ってたんだけど、この障子部分が光に透けてるところを撮ったらきれいだろうな、って」

「あ、それはそうかも」

「カードを立てて、向こうから光がくるように撮りたいんだよね。だけど、カードの向こうに余計なものを入れたくないし。ある程度はあとで加工すればなんとかなると思うんだけど……」

莉子はカードを持って窓際に移動する。あちこちでカードを立て、スマホを向ける。外がきれいな庭園なら良いのかもしれないが、どうしても大学の建物がはいってしまう。莉子はそれが気に入らないようだった。

「これさ、もしかしたら電球の方がいいんじゃない？　暗いところで裏から電気をあてるとか」

「ああ、なるほど。そしたら和のランプシェードみたいになって面白いかも。でも、それはいまはできないね。暗くなってからじゃないと。今日カード一枚借りてっていい？　うちでやってみる」

「え、かまわないけど……いいの？」

「乗りかかった船だし」

莉子は笑った。

「じゃあ、次はSNSの文面だ。まずはプロフィール。いまは『江戸期創業、日本橋の紙屋』だけか。もうちょっと親しみやすくして、紙こもの市の情報も入れて……」

莉子がスマホに文面を入力しはじめる。

──江戸期創業の日本橋の紙屋です。和紙の素晴らしさを伝えるため、和紙を使った新商品を開発中。＊月＊日、横浜紙こもの市に出展します！

「これでどう？」

「いいと思うよ」

さすが莉子だ。そつがない。

「あ、日付はあとでちゃんと入れてね。次は最初の投稿。『紙屋ふじさきのアカウントです。紙屋ふじさきで開発中の紙製品、イベントの情報などをお知らせしていきます。よろしくお願いします！』。次に、『＊月＊日の紙こもの市で発売する、組子障子カードの見本ができました！』として、さっきの写真を載せる。とりあえずそんなとこかな」

どんどん話が進んでいく。

「じゃあ、この文面と写真をその藤崎さんって人に送って。ＯＫが出たら早速アップしよう」

莉子がわたしのスマホに赤外線通信でデータを送ってきた。言われるままに、藤崎さんへのメールを書く。

「ああ、そうだ。あと、できたらアイコンの画像が必要だね。紙屋ふじさきを象徴するようななにか。そういうものの画像があったら送ってください、って」

「象徴するもの？」

そんなもの、あるだろうか。あそこで見たのは紙ばっかりだったし。でも、まあ、それは藤崎さんが考えることだ。

メールを送り、時計を見るともう一限の終わり間近の時間になっていた。


莉子と別れ、二限の教室に向かった。

授業が終わってメールを確認すると、藤崎さんからのメールが届いていた。莉子の作った文面は若干修正がはいっていたが、おおむねOK。写真も問題ないらしい。そして、古めかしい紙屋ふじさきの屋号紋の画像が添付されていた。

莉子に連絡を取り、庭カフェ前で落ち合った。

「OK出たんだ。よかった。じゃあ、早速アップしようよ」

莉子はうれしそうだ。ランチの列に並んでいると間に合わないから、と言い、となりの売店でサンドイッチを買って教室に移動した。

「なんだ、こんなかっこいい屋号紋があるなら、最初からそれを使っておけばいいのに」

莉子はぶつぶつ言いながら、わたしのスマホを使って、アイコン、プロフィール、背景画像を次々に設定していく。背景にはさっき撮った組子障子のカードを使った。

「まずはさっき考えた最初の投稿ね」

莉子にスマホを返される。さっき莉子が作った文面をコピペして、最初の投稿をした。

「で、次の投稿をする前に、関係者をフォローしていく」

まずは紙こもの市の主催者のアカウント。それから出店者たちのアカウント。紙こもの市のサイトから探し出し、次々にフォローしていく。フォロー数はあっという間に五十近くなった。

なぜかいつのまにかフォロワー数も十を超えていた。フォローした人がすぐに返してくれたみたいだ。

「とりあえずこれでよし。あとは夕方、授業が終わったあとに新製品の写真を出そう」

「え、いまじゃなくて？」

「昼よりも夕方から夜にかけての方が反応がいいと思う」

「そういうものなんだ」

「百花、午後の授業は？」

「三限と四限」

「そっか。じゃあ同じだ。終わったあと、部室行く？」

「行くよ」

今日は今年はじめての部誌の相談をすることになっていた。

「じゃあ、また放課後ね。わたし、三限はじまる前に学生課に行かなくちゃならないから」

莉子が時計を見て立ちあがる。

「ごめんね、忙しいのに」

「いいよ、趣味だから。そうだ、そしたらさ、いまフォローした人たちがイベントについてなにか投稿したら、必ず拡散するようにしてね」

そう言って、教室を出て行った。

三限の授業を終えたあと、紙屋ふじさきのタイムラインを見た。フォロワー数はさらに増えていた。そして、小冊子研究会の数人をフォローしただけのわたしのアカウントとはずいぶんとちがう内容が流れている。

見ると、この前の紙こもの市で気になったブースの投稿もある。かわいい写真。そうか、こんなふうに撮ればいいのか。莉子に言われた通り、イベントに関する情報は片っ端から拡散した。

四限が終わり、部活に出た。部誌に関する相談が終わると、莉子が、カードをみんなに見せてみたら、と言った。おずおずと取り出し、机に置く。

「素敵だね」

「これ売るんですか？　すごい」

真琴先輩と石井さんが目をきらきら輝かせた。

「なんて言うんだろう、こういうの。ただかわいいってだけじゃない、清々(すがすが)しい、っていうか、きよらか、っていうか……」

松下さんが目を細める。

「小さいけど妙に迫力あるね」

「ガチですね」

「これが老舗パワーかあ」

森沢先輩、乾くん、西園先輩。男子部員三人が口々に言う。

「紙ものってすてきですよね。カードとか一筆箋とか、いくつあってもほしくなります」

「あとマステも。かわいいのがあると、つい」

松下さんと真琴先輩が笑う。

「付箋もやばいですよね」

乾くんがぼそっとつぶやいた。

「いや、付箋はやばい。あとは書き心地のいいノートとか」

森沢先輩がうなずく。

「みんなもそうなんだ。僕は大きな文具店に行くと、小一時間は出られない」

西園先輩も笑った。

「文具店もですけど、わたしは百均もダメです。夢と妄想が広がって、はいりこむと出られなくなっちゃう」

石井さんも言った。

なんだ、みんなもそうなのか。ここにも同士がいる。ちょっとうれしくなった。

「そのイベント、わたしも行きたい。みんなも行かない？」

真琴先輩の言葉にみんなうなずいた。

「とりあえず、売り上げのためにSNSもはじめたんで。今日から商品写真アップしていきますから、皆さん拡散お願いします！」

なぜか莉子が張り切って宣言する。みんながスマホを出し、紙屋ふじさきをフォローしてくれた。

「じゃあ、早速商品写真、アップしようか」

莉子に言われ、さっき撮ってもらった写真を投稿した。


大学を出て、駅に向かう。駅前は学生と会社帰りの人の群れでごった返していた。雑踏のなかを歩いていると、ポケットでスマホが鳴った。なんだろう、と思って取り出すと、SNSからの通知だった。

「通知だ」

そう言うと、莉子が横から画面をのぞきこんできた。ピロンピロンと音が鳴って、画面上に通知がどんどん増えていく。

「やった、反応あったじゃん」

莉子が言った。あわててSNSを開くと、さっきの商品写真が拡散されていた。数字がどんどんあがっていく。通知もやまない。

「これ、どうすれば……」

「とりあえず、通知、切ったら？」

莉子はこともなげに言って、設定を変えてくれた。

「だれかフォロワー数の多い人が拡散してくれたんだよ。よかったね、フォロワー数も増えてる」

「ほんとだ」

こんなことがあるんだ。拡散されるだけではなく、すてきですね、とか、イベント行きたいです、というリプライまで来ている。

「こういうの、全部ちゃんと答えるんだよ。よろしくお願いします、ありがとうございます、とか、短くてもいいからね」

莉子が言った。

「それから、定期的な投稿が大事だから、一日一回は必ず投稿するように。借りたカード、影絵バージョンを撮ったら送るからね」

「わかった」

なんだか大変なことになって来た。でも、めんどくさいだけじゃない。少し楽しくて、わくわくしていた。

夜、莉子から影絵バージョンの写真が送られて来た。想像以上に神秘的な写真で、こんなふうに撮れるのか、と驚いた。

それからできるだけ毎日投稿するようにした。

同じ写真ばかり投稿するのではつまらないから、と莉子といろいろ相談した。莉子のアイディアで、右側の折りたたんだ部分に木や動物のシルエットを入れて写真を撮ったりもした。障子の向こうに風景が広がっているように見えるのだ。

新商品の話だけでは飽きられてしまうので、藤崎さんに紙やレーザーカッターのことを聞いたり、紙屋ふじさきの歴史についてまとめたりもしてみた。藤崎さんもそれなりに協力的で、資料や写真をいろいろ送ってくれた。

ほかのブースの情報もできるかぎり拡散につとめた。自分のアカウントのときは全然やる気にならなかったのに、この作業はけっこう楽しかった。

9

イベントの三日前、藤崎さんから新商品が完成したという連絡がきた。大学の帰りに記念館に行き、商品を見た。三つのパターンで二色ずつ。カードに合わせて封筒の色も変えてある。ならべてみて、その完成度に驚いた。

わたしの考えたことがこんな形になった。なんだか胸がいっぱいになる。

飯田の家の障子が頭によみがえり、蝉の声が聞こえる気がした。

藤崎さんはイベント当日に、カードを立てて置くための木の台をきちんと用意してくれていた。どうやら紫乃叔母さんからのアドバイスらしい。

SNSの効果か、朝からぽつぽつとブースに客が訪れた。わたしも商品についてだいぶ勉強したので、あまりあせらずに対応することができた。藤崎さんも最初のうちは無愛想だったが、午後になると少しは対応がやわらかくなってきた。

カードも売れた。最初はまったく売れないのではないかとびくびくしていたが、お昼ごろからは客足が途絶えず、台に出した商品がどんどんなくなり、補充を重ねた。

忙しい。休む暇もない。でも楽しかった。

叔母と母もやって来て、組子障子のカードを全種類買ってくれた。母は、このカードで祖母に手紙を書いてみる、と言い、叔母はしばらく店に飾っておくという。

小冊子研究会のみんなも来てくれた。莉子、真琴先輩、森沢先輩、西園先輩、乾くん、石井さん、松下さん。みんな大きな紙袋をぶらさげ、ほくほくした顔をしている。きっとあちこちでいろいろ買ったんだろう。

イベントの手伝い、最初は気が重かったけど、やってみてよかった。叔母のおかげだ。あと莉子も。唯一不満なのは、忙しすぎてほかのブースを全然見てまわれないことだけど、それはまあ、いいか。あいかわらずの金欠だし。

SNSもやってみたら楽しかった。紙のことももっと勉強してみたくなった。あの記念館に通えば、いろいろ学べるんだろうか。

藤崎さんの方をちらっと見ると、ブースに来た女性と話していた。三十代前半くらいのきれいな人だ。どうやら単なる客ではないようで、ずいぶんと話しこんでいる。やがて女性はにこやかな顔で一礼し、ブースを去って行った。

イベント終了まであと三十分。台になくなっていたグレーの麻の葉のカードを補充しようとかがんで段ボール箱をあける。ない。空っぽだ。

もしかして……？

「藤崎さん、麻の葉のカード、ほかに移しましたか？」

「いや。その箱になければもうない」

「じゃあ、完売です！」

「ほんとか？　やった！」

藤崎さんが小さくガッツポーズをした。

笑ってるの、はじめて見た……。呆然（ぼうぜん）とその顔を見る。

藤崎さんはほんとにうれしそうに笑って、またすぐいつもの真顔に戻った。

「ほかも残りわずかです」

箱の中身を確認し、あるものはすべて台に出した。

「ありがとう」

藤崎さんの声がして、はっとした。

「カードができたのは君のおかげだ。よくわからないが、SNSもそれなりに効果があったみたいだし。いや、ほんとに助かったよ」

藤崎さんの顔が心持ちほっとしているように見える。めずらしくお礼を言われて、ちょっとあせった。

「いや、そんな……。わたしはなにも……」

「とりあえず、感謝の印と言ってはなんだが、今日のバイト代だ」

そう言うと、エプロンのポケットから封筒を出した。ほうっとため息が出るほどうつくしい和紙の封筒だった。

「あと三十分は僕ひとりでなんとかする。君、今日はまだ会場全然見てないだろう。遅くなったけど、あとは自由時間にしていい」

自由時間？　ほんとに？　まさかそんなものがもらえるとは。

驚いて藤崎さんの顔を見る。いつもと同じ無愛想な表情だった。

「ありがとうございます」

封筒を受け取り、深く頭をさげた。

エプロンを外し、封筒をカバンに入れた。ブースを出て歩き出す。行きたいところ、たくさんあったんだ。スマホを取り出し、チェックしていたブースのリストを見る。バイト料もはいったし、いろいろ見よう。またなにか作りたいし。

やっぱり紙っていいなあ。小さくても、持っているとしあわせになる。これであの人に手紙を書こう、とか、あの本にはさもう、とか、「これから」を考えるのが楽しい。

実際に使っても、使わなくても。

小さな可能性、小さな未来を手に入れたみたいに。

あちらにもこちらにも宝物がいっぱいだ。小さな未来を探して、会場をずんずん歩いていった。

第二話　貝殻の小箱

1

二限が終わって校舎を出ると、目の前にぽっかりした雲が浮かんでいた。

「あれ、泉先輩じゃない？」

いっしょに中庭に出た莉子が言った。

「え、どこ？」

莉子が指差す先を見ると、たしかに泉先輩らしきうしろ姿があった。

久しぶりだった。坂本泉先輩。小冊子研究会の四年生だ。もともと莉子の高校時代の先輩で、莉子が小冊子研究会にはいったのも泉先輩に誘われたから。わたしはガイダンスで親しくなった莉子について小冊子研究会の見学に行き、そのままいっしょに入部したのだ。

冊子作りに意欲的な先輩で、ＤＴＰソフトやデザインソフトも使いこなし、センスも抜群だった。大学祭で販売する小冊子研究会の冊子がハイクオリティなのは、泉先輩の手腕によるところが大きい。

だが就活が忙しいようで、部活は引退してしまった。今年の冊子作りをどうしたらいいのか、部員たちはずっと頭を悩ませていた。

「泉先輩〜」

莉子が駆け寄り、いつもの調子で声をかけた。先輩がゆっくりふりむく。

その顔を見て、思わず立ち尽くした。別人みたいだ。少し痩せたのだろうか。でもそれだけじゃない。生気がなく、まるで抜け殻だ。

もしかして、就活うまくいってない……？

泉先輩は出版社志望だと言っていた。真面目で成績も優秀だが、マスコミ系は狭き門らしいから、むずかしいのかもしれない。

「元気ないですねえ、先輩。お昼食べましたか？　わたしたち、三限、ないんです。いっしょに行きましょうよ」

莉子は先輩の表情に臆することなく、いつものテンションで笑いながら言う。

そういう雰囲気じゃないんじゃ……。ちょっとたじろいだが、断ると思った泉先輩も、意外なことに、ああ、そうだね、とあいまいにうなずいた。

「でも、学内じゃない方がいい……」

先輩はあたりを見まわしながらぼそっとつぶやいた。

「じゃあ、駅の方に行きましょうか。久しぶりに先輩といろいろ話したい〜」

莉子はまったく意に介さず、泉先輩の手を取り、門に向かって歩き出した。

やっぱり、就活、うまくいってないのかな。

ふたりのうしろを歩きながらぼんやり思った。学食じゃない方がいい、と言ったのは、ほかの四年生に会いたくないからかもしれない。

莉子はお腹が空いてる、泉先輩はそれほど食欲がない、というので、どちらでもなんとかなる喫茶店に行くことにした。小冊子研究会のメンバーとはよく行く店だが、うちの大学ではそんなに人気がないのか、知り合いと鉢合わせすることはあまりない。

「で、どうなんですか？　就活」

注文が終わると、莉子はお気楽に切り出した。

「ダメだ」

泉先輩がぼそっとそれだけ言った。そのあまりの素っ気なさに背筋がひやっとした。莉子もなにも答えられないらしく、少し沈黙が続いた。

「もう、わたし……無理かも」

表情がかたまったままだ。

「ちょ、え、えーと、でも……」

莉子があわてて言う。

「出版社、全部落ちちゃったんだ」

泉先輩はぼうっと顔をあげ、窓の外を見る。莉子と顔を見合わせた。

「やっぱ、きびしいよ、出版社は。新卒採用のあるとこはだいたい受けて、一次面接までいったところもあったけど……」

そこまで言って口をつぐむ。

「いままで出版社しか考えてなかったんだよね。就職課からは、マスコミは倍率が高いからほかも受けたほうがいいって言われてたんだけど、いままでは出版社の試験受けるだけで必死で……。ほかの業種まで手がまわらなかった」

先輩が頭をかかえる。

「ほかだって、大きなところはもうほとんど終わっちゃってるし、これから仕切り直すって言っても……。完全に出遅れてるよね。それに、出版以外、やりたいことなんてないんだよ」

「小さいところとかないんですか？　前に木本先輩が、出版社はけっこう会社を渡り歩いていく人が多いから、まずは小さいとこにはいれば、って……」

莉子が言った。木本先輩は泉先輩より二年上の小冊子研究会の先輩で、卒業後出版社に勤めて雑誌の編集をしている。去年大学祭に遊びに来たとき、泉先輩たちにそんな話をしていたのだ。

「調べてるけどさ。そういうとこはあんまり採用、ないんだよ。毎年新卒を取るわけじゃないし、経験者の中途採用ばっかり」

泉先輩がため息をつく。編集者をしている母も似たようなことを言っていたのを思い出した。

「そうなんですか」

莉子の声もだんだん元気がなくなってきた。

「けど、これで全然関係ない会社にはいっちゃったら、絶対に後悔する気がする。働き出したら忙しくて余裕なくなるだろうし、小さい出版社の中途採用をねらって転職、なんてこと、できるわけない」

「そしたら、専門学校行くのはどうですか？　木本先輩言ってたじゃないですか。編集の専門学校に行って、そこでコネを作って就職するパターンもある、って」

莉子が言うと、泉先輩はまた首を振った。

「うちは経済的に余裕ないから。これ以上学校に行くなんて許してもらえないよ。弟の学費もあるし。これからバイトして学費貯める、って言っても、あきらめずに新卒採用で正社員になる道を探せ、って言われるに決まってる」

「まあ、それはそうですよねえ」

莉子は腕組みした。

「それにさ」

泉先輩はため息をつき、天井を見あげる。

「敗北感がハンパないんだよ。みんないろいろ言うけど、わたしはエントリーシート書いてるときはけっこう楽しかったんだよね。企業の採用情報のサイト見てると、この雑誌の編集をしたい、とか、この会社にはいったらこんなことができる、とか、わけもなく夢がふくらんじゃってたから。情けないよね」

泉先輩の目尻にじわっと涙があふれる。

「編集とか企画とか、そういう夢のあることって、新卒で入社できた選ばれた人にしか許されてないんだよね。印刷業界とかだとこれからも募集あるみたいだけど、クリエイティブなことができるのかよくわからないし」

「けど、出版社でも大手は必ずしも編集にいけるわけじゃない、営業とか別の部署にいくことも多い、って」

莉子が言った。

「それもそうだよね。そもそも、夢ばっか見て、ちゃんと現実に目を向けてなかったのがいけなかったんだと思うよ。出版社だって、きっといいことばかりじゃない。それはわかってるけど、いまははいれなかった敗北感が大きすぎて。もうあの夢の世界には一生はいれないんだ、って思うと……」

泉先輩が机に突っ伏す。

「一生、って、そんな……」

莉子は困り果てたような顔でわたしを見た。

「どこの業種だって同じだよ。やりがいのある部門の募集は終わってるに決まってる。面接に行っても、この時期まで内定の取れない学生＝余り物って思われて、パワハラとかがあって、お前には価値がないって……」

「先輩、考えすぎですよ」

莉子がぶるぶると首を横に振った。

「就職課の人にも言われたよ。就職試験は、企業が自分の会社に適した人材かみるためのもので、落ちたからと言ってあなたの人格すべてが否定されたわけじゃない、って。たしかにその通りだよ。でも、自分の行きたい道は閉ざされたわけでしょ？　やりたいことは一生できない、ってことだよね。そんな人生、やだよ」

泉先輩の悲痛な声に、莉子も言葉を失った。

「お待たせしました」

お店の人が料理を運んできた。泉先輩はサンドイッチ、莉子とわたしはパスタ。お店の人も泉先輩の尋常でない様子を感じ取ったのか、机の上に料理を置くと、すぐに立ち去って行った。

「先輩、サンドイッチきましたよ」

莉子が言うと、泉先輩が顔をあげた。

「ああ、ごめん。結局、わたしってただ夢を見てただけだったんだよね。自分になにができるか考えもしないで。これからどうしたらいいんだろ」

泉先輩はぽろぽろ泣きながら、サンドイッチをパクッと食べた。わたしたちも無言でパスタを食べた。お店にはいる前はあまりお腹が空いてないと言っていたのに、もぐもぐサンドイッチを食べ続けている。

「ごめんね、自分の話ばっかで」

「いいですよ、そんなの」

莉子が大きく手をふる。

「やっぱ、ここのサンドイッチ、おいしいね」

泉先輩はいつのまにか泣き止んでいた。

「そうですよね。タマゴサンド、わたしも好きです」

莉子が笑った。

「あの、泉先輩」

わたしは話しかけた。

「なに？」

「泉先輩、出版社でどんなことがしたいんですか？　やっぱり雑誌の編集ですか」

「そう……だね。雑誌作るの、好きだから」

ぽつんと言って、少しうつむいた。泉先輩が雑誌作りが好きなのはよくわかっていた。小冊子研究会でも、だれよりも一生懸命だったから。

「雑誌作りのどんなところが好きなんですか？」

「どんなところ？　全部好きだよ。企画立てて、取材して、文章書いたり、写真撮ったり……。けどそうだなあ、言われてみると、いちばん楽しいのはパソコンで誌面作ってるときかも」

泉先輩ははっとひらめいたような顔になる。

「あ、わかります。泉先輩、デザインソフトとかＤＴＰソフトとか、使いこなしてますもんね。表紙のデザインとかいつもかっこいいし、いつもどうやって作ってるんだろう、って」

莉子が言った。

「誌面作りが好きなら、デザイン事務所みたいなところもあるんじゃないですか？　母が言ってました。雑誌の仕事ばかりじゃないかもしれませんけど……」

「ああ、百花のお母さんって編集者さんなんだっけ。いいなあ」

泉先輩がぼんやりとおくを見る。

「デザイン事務所はたしかにあるけど、小さいとこが多いから新卒採用なんてそうそうないんじゃないかな。それに、美大とか、美術系の専門学校とかを出てないと無理だと思う」

「デザイン、あんなにできるのに？」

莉子が不満そうに言う。

「わたしのは独学で我流だもん。プロの世界では通用しないよ」

「そういうものなんですか」

「エディトリアルデザイナーは技術職だからね、美大や専門学校に行かないと学べない。求人もそういうとこにしか来ないんだと思う。けど、そうだね。たしかにわたしはそういうことの方が好きなのかもしれない」

「あと、どういう雑誌を作りたいんですか？　女性誌とかファッション誌ですか？」

わたしは重ねて訊いた。

「うーん、どうだろう。たしかにファッション誌とかはちがうかも。ああいうところはもっと派手でおしゃれな人じゃないと。けど、そうだよね、大手の出版社だったら新卒はきっとそういう部署になるよね。そういうの作りたいか、って言われるとちがう気もする。別に芸能人とか有名人に会いたい、ってわけでもないし……」

泉先輩は考えこむような顔になった。

「なんだろ、大手の出版社の雑誌で好きなのって旅行雑誌くらいかも。やっぱりいちばん好きなのはリトルプレスなんだよね。作り手のこだわりが詰まってるから。けど、それじゃ商業的には成り立たない。だからちゃんとした出版社で作ってるような雑誌を、って思ってたけど、そんなの作りたいのか、って考えると、よくわからない」

そう言って、サンドイッチの最後の一切れをぱくんと食べる。

「そうだね、出版社にはいれたら全部バラ色ってわけでもないんだな。どんな仕事だって、いまの自分がやりたいことだけ、ってわけにはいかないんだし」

「そうですよ」

莉子がうなずく。

「パラダイスにはいれなかった、っていう喪失感にとらわれすぎてたのかも。わたしが思い描いてるようなパラダイスなんてどこにもないんだ、と思えば……」

そういう納得のしかたはよくないような気もしたが、なにも言えない。

「逆に、それまで興味なかったことでも、はじめてみたらおもしろかった、ってこともあるかもですよ」

莉子が言った。

「そういえば、母が言ってました。転職してくる人って、前も編集者だった人も多いけど、別の業種の人もいるみたいですよ。それに最近は出版はどこも厳しくて、それだけでやってくのがむずかしいから、ウェブ関係ができる人も喜ばれるって」

思い出して言ってみた。

「それは説明会でも聞いたなあ」

「先輩、たしかに冊子の編集もうまかったけど、パソコンにはくわしいし、ウェブデザインとかも向いてるんじゃないですか?」

「少しはできるよ。バイト先でもサイト作ってたから……」

「じゃあ、そっちもありじゃないですか。その方が求人も多そうだし」

莉子にそう言われ、泉先輩の顔に少し生気が戻る。

「うん、聞いてくれてありがとう。話してすっきりしたよ。そうだよね、全部終わった、って思うのはやめる。ほか、探してみるよ」

にっこり、とまではいかないが、少しあかるい表情になった。

駅に行く泉先輩と別れ、わたしたちは大学に戻る道を歩き出した。

そのときになって、泉先輩から借りっぱなしになっていた本があったのを思い出した。いつでもいいよ、と言われていたけれど、さすがにもう返さないと。でも、次はいつ会えるんだろう。そのときはもう内定が取れてるといいんだけど。

「やっぱり、就活って厳しいんだね」

莉子の声がした。

「まあ、明日は我が身か。実感ないけど」

莉子はすんなりした手足をぐーんとのばし、力を抜く。

明日は我が身。まだまだ先と思っているが、三年の冬から就活ははじまる。インターンだなんだと、早い人は夏から動きはじめる。あと一年ちょっとだ。

早くはじめたから早く決まるわけじゃないんだよ、とか、早く決まればいいわけじゃない、ほんとに合うところを探さないとダメなんだよ、とも言われるけど。

「正直わかんないよね。自分がなにをしたいのか、なんて。そう考えると、泉先輩はすごいと思うんだ。やりたい仕事があるんだから」

莉子がぼやいた。

「そうだよね。趣味とはちがうもん」

就活のことを考えると憂鬱になる。働くのが嫌い、ということはない。この前の紙屋ふじさきのイベントの手伝いもけっこう楽しかった。自分が発案したものに反応があって、いろんな人が買ってくれた。すごくうれしかったし、興奮した。けど、それはああいう規模だからできること。会社に勤めたらあんなふうにはいかないだろう。大きなものの一部になって、なんのためにやってるのかわからない仕事に追われる。そんなこと、できるのだろうか。

だいたい、わたしにはなにができるんだろう。なにが向いてるんだろう？　はじめての人としゃべるのは大の苦手だし、パソコンもできない。凡ミスもよくする。これじゃ、営業も事務も向いてないよな。

莉子みたいに知らない人にも積極的に話しかけられれば……。

「うちは父親が大企業に勤めてるからね。いまだに大企業信仰ばりばりで、名前のあるところに就職しろ、って。もうそういう時代じゃないと思うんだけどねえ」

莉子がぼやく。

わたしの母はそういうことは言わない。そのかわり、ずっと続けられるほんとに好きなことを探せ、と言う。それはそれでハードルが高い。文具が好きだから文具メーカー？　商品開発とかができたら楽しいのかもしれないけど。

「うわ、もうこんな時間だよ」

腕時計を見た莉子が小さく叫んだ。もう四限開始の時間が近づいていた。校舎の前で莉子と別れ、それぞれ四限の教室に走った。

2

翌日は水曜で、午後の授業がない。昼食後、図書館で課題を片づけ、家に帰る前に叔母の店に寄った。ちょっと手伝ってほしいことがあるから、と叔母に呼ばれたのだ。

叔母の営む店「日日草」は、うちの最寄駅の近くにある。

商品はおもに陶器や磁器などの焼き物。籠や木工、鉄器などもある。どれも日本製で、ほかの店には置かれていない新人作家の作品が多い。若手ならではの冒険があって、どれも個性的。そのあたりを気に入ってくれるお客さんも多いみたいだ。

日日草では、いつも中央のテーブルで小さな個展やグループ展を行っている。貸し出しは一週間単位だが、会期はたいてい二週間。かなりの人気で、半年先まで予定が埋まっているらしい。

個展には器だけでなく、アクセサリーや置物もでる。織物や布小物、金工や木工、ガラスの雑貨など、幅も広い。どれもそれなりに高いので学生のわたしにはとても買えないものばかりだが、見ているだけで楽しい。

お店は火水が休み。この定休日に展示の入れ替えを行う。会期は木曜日にスタートし、月曜が最終日となる。今週は展示の切り替えがあるので、昨日から作業が行われている。

店のガラスの扉には定休日の札がかかっている。ショーウィンドウからのぞくと、店内には叔母のほかに女の人がいて、中央のテーブルでなにか作業していた。裏口にまわり、ブザーを押した。

「ああ、百花。来てくれてありがと」

叔母がなかから扉をあけて顔を出す。

「ちょっとごちゃついてるけど、とりあえずはいって」

狭い裏口のまわりに段ボール箱がいくつか積まれている。カニ歩きで隙間を抜けた。

「戸川(とがわ)さん」

叔母がテーブルで作業している女の人に呼びかける。彼女がこちらをふりかえった。草色の麻のワンピースを着た小柄な人だ。

「こちら、姪(めい)の百花。今日の値札つけを手伝ってもらおうと思って」

「わあ、ありがとうございます。すみません。よろしくお願いします」

彼女がぺこっと頭をさげた。ショートカットで、笑うと子どもみたいな顔になる。

「こちらは戸川結奈(ゆな)さん。漆芸家で、今回の個展の作家さん」

「こんにちは。吉野百花です。よろしくお願いします」

わたしも頭をさげた。

「戸川さんの作品、ときどきお店に置いてあるから百花も覚えてるかな。螺鈿(らでん)のはいったこのくらい小さなアクセサリーとか」

叔母がテーブルの上にあった小さなブローチを取りあげる。

「あ、覚えてます。いつもきれいだな、って思ってました」

　螺鈿細工といって、漆塗りの技法のひとつで、きらきらしているのは貝殻の内側にある真珠層なのだそうだ。

　使われるのは、あこや貝、アワビ、夜光貝、白蝶貝、黒蝶貝など。奈良時代に中国から伝わり、建物の内装や家具のような大きなものから、文箱や茶道具、櫛や箸などの小さなものまで、木製品を装飾するために使われる技法だと聞いた。

　戸川さんの作るアクセサリーは、とても小さくてかわいらしい。不思議な形をしていて、思わず手に取りたくなる。だが近寄ってじっと見ると、螺鈿が驚くほど精巧でうつくしく、その小さな世界に吸いこまれてしまいそうになる。

「戸川さんの螺鈿はかわいいでしょう？　螺鈿ってため息が出るほどきれいだけど、黒い漆の地に貝の光の輝きだから、かわいさとは結びつきにくい」

　叔母が言った。

「そうですね、夜の星のうつくしさに通じるというか。妖しくて神秘的な印象が強いかもしれません」

　戸川さんがうなずく。

「でも、戸川さんの螺鈿はかわいい。そこがめずらしいと思うの。しっかり作られているから高級感もあるけど、カジュアルな服にも合わせられる」

　たしかにその通りだ。地があまりつやつやじゃなくて、少し淡い色だったりするのも親しみやすい。それに形が独特なのだ。植物の実や種をモチーフにしたもの。鳥や動物を象ったもの。どれも不思議かわいい雰囲気で、わたしだって欲しくなる。もっともお値段もなかなかで、とても手は出ないのだけど。

「今回のテーマは『海の家』。貝殻の家とか、ほんと、かわいいわよお」

叔母がにっこり微笑んだ。

「貝殻の家？」

思わず訊き返す。貝殻の家、ってなんだろう？

「いろんな形の貝殻を家に見立ててるの」

「こんな感じです」

戸川さんがテーブルの上の作品をひとつ手に取った。巻貝のような形で、螺旋の形に沿って窓がならんでいる。その小さな窓のひとつひとつが螺鈿なのだった。

「かわいいですねえ」

思わずじっと見てしまう。テーブルの上にはいろいろな形の貝がならんでいた。どれも写実的な貝ではなく、デザイン化された形だ。色もさまざまだった。

「貝だけじゃなくて、サンゴやウニの骨みたいなのとか、流木みたいなのもありますよ。みんな海からやってくるものなんです」

戸川さんが言った。

テーブルの上には海辺に落ちていそうな形のものがならび、まるで小さな浜辺みたいだった。

戸川さんによれば、すべて木に色漆を塗り、蒔絵(まきえ)をほどこしたり、貝殻や卵殻を細かく砕いたものを鏤(ちりば)めたりして作っているらしい。

「手がこんでいるんですね」

ひとつひとつが細かくていねいに作られていて、そのうつくしさにため息が出た。

「そうなの。ほんとうに細かい作業の積み重ねでできてるのよね」

叔母もうなずく。漆を塗って乾かし、削る。その作業のくりかえしによって精巧な細工ができるのだそうだ。

「細かいアクセサリーが多いから、値札が複雑で。それをつけるのを手伝ってもらいたくて呼んだのよ」

叔母が言った。

「わかった。どれをつければいいの？」

わたしが訊くと、戸川さんがトランクから小さな箱を出した。なかにはビニールの小袋にまとめられた値札がはいっていた。

「こちらです。いまは値段ごとに分けて品物を置いているので、このあたりの商品にはこちらの値札、ここはこれ……」

戸川さんが小袋を商品の横に置いていく。

「値札には糸がついていますので、それをアクセサリーの金具に取りつけてください」

そう言って袋をあけ、糸がついた小さな値札を取り出す。幅が二センチほどの小さなものだが、それがすべて二枚貝のような形をしていてとてもかわいいのだ。

「こんな形の値札があるんですか?」

驚いて訊いた。

「いえ、これは自分で作ったんです。貝殻の形のクラフトパンチがあったんで、それを使って……。どうせだったら値札も同じ世界観にしたかったので」

「すごい。凝ってますね」

「思いつきではじめたのはよかったんですが、クラフトパンチもたくさんやるとけっこう疲れるんですよねえ」

恥ずかしそうに、ふふふ、と笑った。

「取りつけ方はこんな感じで……」

戸川さんがブローチの金具に糸をくぐらせ、値札を糸の輪に通して引っ張る。細かい作業だが、むずかしくはない。

「値札は少し多めに作ってあるので、足りなくなることはないと思います」

「わかりました」

「よろしくお願いします」

戸川さんがぺこっと頭をさげた。

ビニール袋から値札を取り出す。貝の形の値札に細いボールペンで値段が手書きされている。これだけでもかわいい。でも値段はやっぱり高い。品質を考えたら当然だけど、いつかこういうの買えるようになりたいなあ。

そのためにもちゃんと就職しなくちゃいけないんだよね。泉先輩の就活の話を思い出す。働いてお金を得るってたいへんなことだ。とはいえ、興味のないことのために人生の大部分の時間を使うのもしんどい。

わたしはどうやって生きていけばいいんだろう。

戸川さんは漆芸で身を立てているってことだよね。アーティストも一種の自営業なんだろうか。でも、店を持ってる叔母(おば)とはちょっとちがう気もする。

不安じゃないんだろうか。こうやってひとりで作品を作って世に送り出す仕事って、ひとりきりで海を泳いでいくみたいな感じに思える。手足が動かなくなったり、息が続かなくなったりしたら終わりじゃないか。

その点、叔母にはいちおう店という舟がある。母は出版社に勤めているから、もっと大きな船に乗ってる感じだ。できるだけ大きな船に乗ってた方が安全、っていう莉子のお父さんの考え方も少しわかる気がする。

今回はアクセサリーのほか、オブジェや器もあるらしい。テーブルの真ん中に台を作ってオブジェや器はその上に、台のまわりにアクセサリーを置く、という方針らしい。叔母がバックヤードからいくつか台を出してきて、戸川さんといっしょにどうやってものを置くかあれこれ試している。

早く値札つけないと。これが終わらないとアクセサリーの位置を決められない。あわてて手を動かした。

作業が終わったときにはもう日が暮れていた。テーブルの真ん中の台の上の配置も定まり、台のまわりにアクセサリーを散らしていく。規則正しくならべるのではなく、浜辺に打ち上げられた貝のようにランダムに。

戸川さんの作品で作られた小さな浜辺ができあがり、店内の薄暗い電球の光で照らされる。ところどころ、螺鈿の窓が光る。夜のしずかな浜辺みたいで、少しさびしく、でもとても素敵だった。

片づけを終えた戸川さんが帰ったあと、母は遅いと聞いていたので、叔母の家で食事をした。ズッキーニ、ピーマン、かぼちゃ、なすの煮浸しと鯵の南蛮漬け。もう遅かったので冷蔵庫にあった作り置きのお惣菜がメインで、味噌汁だけ作った。

叔母の家の器は、お店でも扱っている若手作家の作品が多い。どれも個性的でちょっと変わった形。叔母は、あたらしい人の器で食べると若返る気がする、とよく言っている。冷蔵庫でひんやり冷えた煮浸しと南蛮漬けがおいしくて、どんどん食べてしまった。

「戸川さんの作品、素敵だったね」

「うん。百花も手伝ってくれてありがとう」

ビールを飲みながら叔母が微笑む。

「螺鈿ってきれいだよねえ。ほら、前にお母さんといっしょに行った百段階段。あそこにも螺鈿、たくさんあったよね」

前に叔母と三人でホテル雅叙園東京の百段階段という建物を見学に行ったことがあった。

雅叙園は昭和初期に料亭として建てられ、のちに総合結婚式場になった。それまで料亭といえば上流階級のためのものだったが、雅叙園は一般大衆向けに作られたらしい。

もちろん、庶民はそんなに頻繁に贅沢はできない。料亭に行けるのは結婚式など特別なときだけ。だからこそ建物は豪華絢爛にして、やってきた人が一日お大尽気分で過ごせる場所として作られ、昭和の竜宮城と呼ばれたのだ。

当時の建物がそのまま残っているのが百段階段だ。斜面にあるので建物内の七つの宴会場はすべて階段でつながれている。階段はほんとうは全部で九十九段しかなくて、それは未完の美を追求したからなのだそうだ。

雑誌で紹介されているのを見た母の誘いで、叔母と三人で見学に行った。写真は見ていたけれど、実際に行ってみるとほんとうに豪華絢爛で驚きの連続だった。

「あそこはほんとに竜宮城だったなあ」

叔母がつぶやく。

「建物の入口のエレベーターの壁の螺鈿、すごかったよねえ。獅子と牡丹がうわーっと一面に広がってて、それが全部螺鈿で……びっくりした」

建物にはいってからも、壁、天井、欄間、建具などいたるところに人気画家の絵や浮き彫り、漆塗りや象嵌、七宝焼き、組子障子などの豪華な細工がほどこされ、その密度にめまいがした。

「武家や公家の豪華な造りの屋敷はいろいろ見たけど、そういうのとは全然ちがうのよね。テーマパークっていうのかな。一日だけ訪れるたくさんの客をもてなすためのうつくしさ。装飾も美人画だったり、有名な故事をモチーフにしたものだったり、だれでもわかるようなものにしてあるし」

「あそこの絢爛豪華な螺鈿にはびっくりしたけど、戸川さんの作品を見ると、こういうのもあるんだなあ、って。小さくて、精巧で、かわいい」

「そうね。技術は高くて、ちゃんと伝統的な方法で作られてる。それでいて、いまの生活に溶けこむ軽やかさがある」

叔母の言葉に思わずうなずいた。

「漆っていう素材自体のすばらしさもあるわよね。扱いはむずかしいけど、ああいう質感はほかの素材じゃなかなか出せない」

「そうだね」

「ああやって技術が受け継がれ、うつくしさが更新されていくのを見ると、すごく感動する」

叔母はほんとにうつくしいものが好きなんだな、と思う。いまはネットで写真を見て満足してしまう人が多いけど、やっぱり実物を間近に見て、手で触れないとわからないことはたくさんある。叔母の店の品物を見ているとそれが良くわかる。

そういえば、紙屋ふじさきの和紙もそうだったなあ。写真だけじゃあの良さは絶対に伝わらない。

「ねえ、叔母さん」

ふいに思いついたことがあって、叔母を見た。

「なに？」

「紙に螺鈿細工をするってできるのかな？」

グリーティングカードの表面に小さな貝が貼られていたらきらきらしてきれいかな、と思ったのだ。

「紙に？　ええ、できるわよ」

叔母はあっさり言った。

「できるの？」

「うん。漆にはシタイっていって、紙の器に塗る方法があるから」

「シタイ？」

「そう。紙に『胎児』の『胎』で『紙胎』。むかしからある方法だよ」

「でも、紙の器、って……」

いまは紙コップや紙皿もあるけど、それは全部使い捨てのもので、そんなにむかしからあったとはとても思えない。

「わたしもくわしくないけど『一閑張り』とも言うみたい。木や粘土で原型を作って、その上に和紙を貼り重ねて、あとで原型を抜く。張り子みたいな感じでね。そうすると紙の器ができる。そこに漆を塗るの」

「紙に漆を……」

「そう。漆を塗ると水も染みこまなくなるから、ちゃんと器として使えるのよ。千宗旦ってわかる？　千利休の孫で表千家の三代目。その千宗旦が紙胎の漆器を愛好していたので、茶の湯の世界でも広まったんだって」

「茶の湯、ってことはお茶も飲めるってこと？」

「そうよ。紙っていっても、こんにゃく糊や柿渋で紙を何枚も塗り重ねて、その上に漆を塗るから水は通さないし厚みもある。しかも紙だからとても軽いんだって」

「そうなんだ」

「漆って、木に塗るだけじゃないのよね。乾漆っていって、布に塗ったものもあるしね。仏像なんかで使う技法で、粘土で作った原型に麻布を貼り重ねて、そのうえに漆を塗るのよね。で、原型を抜いて、補強のために木枠を入れる」

「へぇえ」

「張り子じゃなくて、ふつうの紙の箱に漆を塗ったものもあるわよ。名刺入れとかね。

なかには漆だけじゃなくて、螺鈿とか凝った細工のものもある。前に美術館で見たことあるわ」

「でも、紙は木みたいに彫れないでしょ？　どうやって貝をはめこむの？」

「えーと、わたしも聞いただけだからそこまでくわしくないんだけど、木に螺鈿をほどこすときも、やり方が二種類あるみたい。ひとつは表面に模様を彫って貝を貼りこみ、そのうえにさらに漆を塗って炭で研ぎ出す。もうひとつは木地のうえに貝を貼って、貝の厚みと同じだけ砥の粉を混ぜた漆を塗って高さを合わせる。で、さらに表面に漆を塗って、貝を研ぎ出す」

「なるほど。そしたら紙のときも漆で高さを合わせるのかな」

「たぶんね。でも、貝ってすごく薄く削れるらしいから。戸川さんもね、今回の窓の部分の螺鈿は貝をできるかぎり薄く削っているって言ってた。透けるくらい薄くして、裏側に彩色するんだって。そうすると貝の色を変えることができる」

「すごい。手がこんでるね」

「細かい部分へのこだわりで質が全然変わるもんね。簡単に作ったんじゃ、ああいう深みは出ない」

そうか、そうだよね。つまり全体に漆を塗らないといけない、ってことか。

「でも、どうして？」

「うーん。カードとかに貝が貼られてたらきれいだろうなあ、って」

「なるほど、螺鈿のカードかあ。面白そうだね」

「漆ってふつうに手にはいるものなのかな？」

「趣味で漆細工をする人もいるから、手にはいると思うよ。でも、扱いはむずかしいわよねえ。きれいに塗るのは熟練してないと無理ね。それにかぶれることもあるみたいだし」

「そうか」

「けど……」

叔母がなにか思いついたような顔で天井を見あげた。

「螺鈿に使う貝の薄片は手芸店なんかで手にはいるって、前に戸川さんから聞いたわ。戸川さんはワークショップを頼まれることもあるから、だれでも買える商品のこともよく知ってるの。破片タイプもあるけど、シートになってて、はさみで切れる商品もあるって」

「はさみで切れる？」

「うん。まああんまり複雑な形は無理かもだけど。接着剤も、食べ物の器じゃないんだったら、漆にかぎらなくてもいいんじゃない？　まあ、きれいさで言ったら漆にはかなわないだろうけど」

「たしかに」

薄い貝片が手にはいるなら、まずはそれでなにか作ってみてもいいかもしれない。

「そういえば、あれから一成くんから連絡あった?」

「ううん。とくに。デザイン料のことで一度連絡があって、振り込みしたいから口座番号を教えてくれ、って。しばらくして口座に振り込みがあったけど、それだけ」

「そうなの。SNSとかもがんばってたけど、あれは?」

「うーん、藤崎さんに、できれば続けて使ってください、って言ったんだけど、その後は更新されてないみたい」

気になってときどき紙屋ふじさきのプロフィールページを見てみるが、あたらしい投稿はまったくない。

藤崎さんの許可を得て、イベントで組子のカードを買ったお客さんが写真や感想を投稿しているのを見かけたら、拡散するようにつとめていた。だがそれも一段落ついた。これ以上投稿するネタもない。

「一成くんはそういうの、苦手そうだもん。自分ではできないよねえ」

叔母がため息をつく。

「でも、ふじさきの社員でもないわたしがこれ以上ふじさきのアカウントにかかわるわけにはいかないでしょう?」

「そこはもちろん一成くんの責任だけどさ。けど、せっかくあのとき盛りあがったのに、もったいないわよねえ。あのイベント、場所はいろいろだけど、二、三ヶ月に一度はあるみたいだし、今回のお客さんを次につなげないと……」

さすが商人だ。

「今度またふじさき記念館に袋を頼みに行くの。そのときいっしょに行かない？」

無愛想な藤崎さんのことを思い出すとちょっと気が重かった。イベントのときは一瞬対応がやわらかくなった気がしたが、その後のメールは素っ気ないものだった。

「用もないのになんでまた来たの、みたいに思われないかな」

「大丈夫よ。今回は袋の色を変えようと思ってるから、その相談もあるの。百花にも選ぶの手伝ってもらう、っていう名目で」

「はあ……」

ほんとに大丈夫かなあ。でも、あの仕事で和紙に興味がわいてきたところだったので、記念館に展示されていた紙をもう一度見たい気もした。

「いいよ、わかった。行くとしたら火曜か水曜？」

「百花、火曜は夕方まで授業あるんでしょ？　そしたらまた水曜かな、来週の」

現地集合ということで、時間を決める。食事の片づけをして、自分の家に戻った。

3

金曜日、叔母から聞いた貝のシートのことを思い出し、帰りに大学の近くのホームセンターに寄った。

手芸でも陶芸でも木工でもなんでも、ハンドメイドの基本的な材料はここにくればたいていそろう魅惑の城だ。文具店も楽しいが、ここにはまた別の楽しさがあって、一度はいるとなかなか出られない。

貝のシート、って言ってたな。きっと漆工芸のコーナーだよね。DIYツールや素材が置かれた階までのぼる。布や紙のコーナーにはよく来るけれど、この階にはあまり足を踏み入れたことがなかった。陶芸用の土や道具、器を焼くための窯などもならんでいる。

その棚の向こうに、漆芸関係というプレートが見えた。ああ、あそこだ。陶芸が趣味という人はときどき聞くけど、漆芸の話はあまり聞いたことがない。狭いコーナーなのかな、と思っていたが、意外に広い。商品もたくさん置かれている。

見ると、金継ぎの初心者用のセットがずらりとならんでいた。そうか、金継ぎブームなんだな。そういえば叔母も、最近は自分で器を直したいという人が増えている、と言っていた。漆、筆、砥の粉、いろいろな色の顔料に金粉。

貝のシートはどこだろう。金継ぎには使わないから置いてないんだろうか。きょろきょろ探していると、隅の方にいくつかシートがかかっていた。あこや貝、アワビ、白蝶(しろちょう)貝(がい)。シートになっているもののほかに、小さな破片を袋に詰めたものもある。

シートと破片、どっちが使いやすいんだろう。説明書きを読むと、破片の方は厚さがまちまちみたいだ。紙に貼ることを考えると、厚さが均一のシートの方が使いやすそうだ。

袋にはいったシートを手に取り、ながめる。まだらになった虹みたいにきらきら光り、この状態でもじゅうぶんきれいだ。薄く切ってもこんなに光沢があるのか。貝殻って不思議だ。このきらきらの真珠層は貝の内側だけ。外からは見えない。貝自身には見えるのかな。貝って目があったっけ。なんのためにこの美しい模様を作るんだろう。

どれもきれいだったが、悩みに悩んで、あこや貝に決めた。次は接着剤だ。ほんとうの漆のほか、漆調の塗料というものもあって、こちらはかぶれないし扱いが楽、と書かれている。でも、きれいに塗料を塗れる自信はない。紙に貼るだけだから、とりあえずうちにある糊でいいか。そう思って貝のシートを一枚だけ買って店を出た。

母と夕食を取ったあと、部屋でさっそく袋から貝のシートを取り出した。すごくきれいだ。だが薄い。ぱりぱりしていてすぐに割れてしまいそう。叔母ははさみで切れるって言ってたけど、ほんとにできるのだろうか。

おそるおそるシートの端にはさみを入れる。そっと切ったつもりだったが、入れたとたんにぱりんと角が欠けてしまった。

これは扱いがむずかしい。はさみでは無理そう。引き出しからデザインナイフを取り出し、定規を当てて慎重に切りはじめる。だがやっぱりすぐに割れてしまった。直線ならなんとかなるが、三角や四角の形にしようとすると角が欠けてしまう。

あらためて戸川さんの偉大さに打ちのめされる。戸川さんのあの細かい螺鈿細工。こんな扱いにくいもので、あの小さな形を作っていたのか。しかも曲線で囲まれている部分もあった。

モザイクのように小さな破片を集めて形を作っていた部分もあったが、こんな割れやすいもの、どうやったらきれいにならべられるんだ。表面の凸凹もなく……。そうか、ほんとうの螺鈿細工は貝の上に漆を塗って研ぎ出すんだ、って言ってたっけ。

うわあ、やっぱりたいへんだなあ、これは。

四苦八苦してなんとか小さな四角形を作り、紙に糊で貼った。だが貼りつけるときまた少し角の部分が欠けてしまった。貝には割れやすい方向があるみたいで、ちょっと力を加えるとぱりんといってしまう。

ざらっとした紙の上にきらきらした貝がのっているのはきれいだが、細工が下手すぎて泣きたくなる。そりゃ、戸川さんみたいにはいかないのはわかってたけど。ここまでむずかしいとは。

それに、これではたとえきれいに仕上がったとしても、紙が曲がったら割れてしまう。簡単に曲がらない板紙に貼るしかない。漆でないにしても表面も塗料で塗り固めた方がよさそうだ。そうなるとカードにするにはちょっとごつすぎる。

企画倒れだったか。椅子の背にもたれ、ため息をつく。

机の隅にあったスマホにメッセージ着信のサインが出ていた。莉子からだ。小冊子研究会に関する連絡だった。立ちあがり、ベッドに横たわってしばらく莉子とメッセージのやり取りをした。

話が終わったあともそのまま寝転がって、スマホで貝のシートについて調べてみた。扱い方のコツとか、道具とか……。いろいろたどっているうちに、釣り具用の貝シートというものが引っかかった。

釣り具用？　釣りをしたことがないのでよくわからないが、ルアーというものに貼るシートらしい。貝の薄片でできているが、薄くてシールになっている、とある。さらに調べると、ネイル用にも似たような製品があることがわかった。

シートを貼ったルアーの写真を見ると、どうやら曲面でできているようだ。爪ももちろん曲面だ。そこに貝の薄片が貼りつけられている。

これ、ほんとにほんものの貝？

画面をぐいぐい拡大して見た。曲面にちゃんと貼りついているように見える。光沢もほんものの貝みたいだし、製品によって模様もちがい、パターンのくりかえしということもない。なにより、商品説明欄に「ほんものの貝を使用」と書かれている。

さっきの貝シートはあんなに割れやすかったのに。どうしてそんなことができるのかさっぱりわからないが、通信販売で買えるらしい。コンビニ払いもできるみたいだったので、試しに一枚だけ買ってみることにした。

4

水曜日、ふじさき記念館に行った。

記念館のなかを見たかったので、叔母との待ち合わせ時間より少し早く行った。相変わらずお客さんはいない。館内はなんとなく薄暗くて、ものさびしい。

だが展示はけっこう充実していた。これまでは叔母の仕事のついでだったり、カードの相談があったりで、展示をゆっくり見ている時間はあまりなかった。

入口の横には木の引き出しの棚があり、なかにはさまざまな産地の和紙がはいっていた。

本美濃紙、石州半紙、細川紙、越前和紙、八女手漉和紙、五箇山和紙、近江和紙、黒谷和紙、土佐和紙、因州和紙、阿波和紙、芭蕉紙、月桃紙……。みな白っぽい紙だが、それぞれ色も風合いもちがう。

こんなに種類があるのか。

前にイベントで見たような透かし模様や塵や筋がはいっているわけではなく、色も白や生成りだけ。なのにどれもちがう。なにがちがうのかわからないし、どれがどれ、とあてられるとも思えないけど、とにかくちがうのだ。

「どれもちがうでしょう？」

うしろから声がして、はっとしてふりむくと藤崎さんがいた。

「あ、こんにちは。今日は叔母と……」

あせって言った。

「知ってます」

藤崎さんは素っ気なく言った。そうですよね、叔母から連絡がいってるだろうし、知ってますよね、すみません。話が続かない。藤崎さんの無表情な顔を見ると、なにを言ったらいいかわからなくなる。

なんで出てきたんだろう。ふだんはあの部屋にいて姿をあらわさないけど、カメラがついているからだれか来ればわかると言ってたけど……。なんか気まずいし、なにを話したらいいのかわからない。

「あの、ここの紙ってどうしてこんなにちがうんですか？　材料のせいですか」

沈黙に耐えきれず、思わず質問してしまった。

「材料ねえ。同じものもあればちがうものもある。たとえばこのあたりの紙は楮(こうぞ)だけ。こっちは雁皮(がんぴ)。こっちは三椏(みつまた)」

藤崎さんが紙を指しながら言う。

「でも、楮だけで作った紙でも、それぞれちがうでしょう？」

「そう……ですね」

そう言われて見ると、なんとなくふんわりした印象のものもあれば、かっちりしっかりしたものもある。どこがどうと言えないが、みんなちがう。

「漉き方がちがうのもあるし、楮だって生き物だから、産地によってちょっとずつちがう。それに、時間が経つと風合いが変化するし。和紙の作り方ってわかるかな？」

「わかりません」

気まずいが、正直に答えた。

「そう……なのか」

藤崎さんはちょっとがっかりしたような顔になった。

「まあ、わかった。じゃあ、こっちに説明があるから」

藤崎さんについて部屋の真ん中の展示の前に移動する。大きな木の水槽に、大きくて目の細かいすだれのようなもの。木の桶に大きな刷毛。どう使うのかわからないが、どれも古そうだ。

「紙は木の繊維から作る。それは知ってるよね」

「はい。なんとなく」

あいまいにうなずく。

「木の皮を剝がして、煮熟して、アクを抜いて、塵を取って、繊維をほぐすために打解して、漉く。皮を剝がすのも、煮熟も、塵取りも、打解も全部人が手で行ってるわけだからね、当然全部微妙にちがうよ。漉き方もね」

煮熟……打解……。パネルに書かれているから字がわかるが、聞いただけじゃなんのことかさっぱりだ。具体的になにをするのかもよくわからない。だが、全部手作業で手間がかかる、ということだけはなんとなくわかった。

「紙漉きってしたことある？」

「ありません」

「じゃあ、見たことは？　映像とかでも……」

「いえ、ないです」

「そうか」

藤崎さんがはあっ、とため息をつく。

「じゃあ、まずこれ見て」

そう言って、木の四角い水槽と木の枠、目の細かいすだれのようなものを指した。

「これが紙漉きに使う水槽だ。舟と呼ばれている」

「舟……」

「打解した繊維を水に溶かし、この舟いっぱいに入れる。そこに簀桁を入れる」

「簀桁？」

「この簀をこっちの枠ではさんだものだ。これで水をすくう。すると簀の目から水が抜けて、繊維が残る」

「ああ、なるほど」

「漉き方には溜め漉きと流し漉きという二種類あるんだが、とりあえず流し漉きの方で説明すると、水をすくったら簀全体に繊維がいきわたるように縦横に揺する。繊維は揺れて、ランダムにからみ合う。だから和紙には縦目、横目がない」

「縦目、横目？」

「洋紙にはあるんだよ。繊維のならんでいる方向っていうのかな。だから破れやすい方向と破れにくい方向ができる。でも、和紙にはふつうそれがない。だから破れにくい。そもそも繊維が長いからね。それがからまりあって紙を作っているから、ちょっとやそっとじゃ破れないんだ」

藤崎さんがそう言って一枚紙を差し出す。

「破ってみて」

薄い紙だが、たしかに破れにくい。力を入れれば破れないこともないが、一直線にはならない。

「漉き方の詳細はこの説明を読めばわかる」

藤崎さんに言われて展示パネルを見たが、写真も図もなく細かい字がみっしり書かれているだけなので、情景をなかなか思い浮かべられない。

「ともかく、人の手で作ってるものだから、ちがってあたりまえ。もちろん職人たちは同じ品質のものが作れるよう鍛錬してるし、検品して質の異なるものは外すけど、機械で作ったみたいに均一にはならない。産地によってそれぞれの特徴もある」

「そうなんですね。紙って白くて薄いものなので、こんなにバリエーションがあるというのが驚きで……」

「でも、紙は理論上の平面とはちがうよ。ちゃんと厚みがある。乾燥して水分は抜けてしまっているけど、もとは繊維が溶けた水だったんだ。それが圧縮されてる。立体なんだよ、紙は」

　その言葉にはっとした。紙が立体。そんなこと、考えたこともなかった。

「むかしは洋紙だって人が作ってたからね、均質じゃなかった。でも、機械で作られた紙しか見てないと、そう思うよね。コピー用紙でも本やノートの紙でも、全部同じ」

　その通りだった。

「まあ、均質な方が便利なことも多いんだけど……」

「あら、百花。もう来てたんだ」

　入口の方から声がして、見ると叔母だった。

　館長室に移動し、叔母の店の袋の相談がはじまった。叔母の店では四種類の大きさの紙袋を使っている。シンプルな和紙の袋だが、季節によって色を変えている。いまは夏の袋だが、八月になると秋の袋に変わる。

　去年使っていた秋の袋も残りがあるが、よく使う二種類は切れてしまった。それをあたらしい色で注文するということらしい。

色のついた和紙の見本を見ながら、色を決める。秋ということで、茶色や深みのあるオレンジや赤、黄色など、紅葉を思わせる色が候補にあがった。わたしも意見を訊かれ、結局それまで使ったことのなかった蘇比色というオレンジのような色に決まった。

「そういえば、百花、さっき記念館を見てたみたいだったけど」

「うん。この前のイベントで和紙に興味がわいて……。いろいろな紙があるからびっくりしちゃった」

「そう。でもこの記念館、もうちょっとなんとかした方がいいんじゃないの？　いつもだれもいないし」

うわ、そんなはっきり言っちゃっていいの？　叔母の顔を横からちらっとのぞき見る。いつもと同じ、愛想の良い顔だ。正面に座っている藤崎さんの方は、ちょっとむっとした顔をしている。

「なんとか、って、具体的にどういうことでしょう？」

藤崎さんが不機嫌な口調で言った。

「そうねえ。たとえば……」

叔母はちょっと天井を見あげてから、思いついたようにわたしを見た。

「さっき百花、真ん中の展示見てたでしょ？　和紙作りの工程のパネル、わかりやすかった？」

え、なんでこっちにふるの？

「ええと……」

もごもごロごもる。叔母がはっきりしろ、と言いたげな顔になった。

「ちょっとわかりにくかったです」

勘弁してくれ、と思いながら、仕方なく答えた。藤崎さんは驚いたような顔でわたしを見た。

「わかりにくい？　どうして？　ちゃんと順番に説明してあっただろう？」

どうしてかまったくわからない、という顔だ。

「あれは前任の館長が作ったものなんですよ。非常に詳細に書かれていて、専門家はみんな素晴らしい内容だって」

「それは頭のいい人の話でしょ？　ふつうの人はまず、字ばっかりじゃ、読まない」

叔母は自信満々に言った。

字ばっかりじゃ読まない。そこまではっきり言っちゃっていいの？

「ねえ、百花もそう思ったよね？」

叔母がまたこっちを見る。だから、わたしにふらないでよ。

「そうですね、たしかに少しむずかしそうで、親しみにくい、というか……」

嘘はつけない。藤崎さんはまたぎょっとしたような顔になる。

「なんというか、取扱説明書みたいな？」

フォローしようとして意味不明なことを言ってしまった。

「取扱説明書？」

藤崎さんが怪訝な顔をする。

「ええ、家電なんかの取扱説明書って、最初は読んでもちんぷんかんぷんで……」

「そうよね、わたし、ああいうのは全然読まない」

叔母がまた自信満々に言い切った。

「でも、ちゃんと使えるようになってから読むと、よくわかるんです。あの説明も、ちゃんと知識がある人にはわかるように書いてあるんだと思うんですけど、専門用語が多くて頭にはいってきにくい、というか……」

「そうよ、初心者にわかりやすく、っていうか、初心者が読む気になるような形にしないと。図やイラストを使うとか」

「そういうものなんですか。僕は取扱説明書は最初に全部読むし、わからなかったことなんてありませんよ」

藤崎さんは面食らったように言った。きっと几帳面な人なんだろう。

「世の中のほとんどの人はわたしみたいな感じだと思うわよ」

叔母の言葉に、藤崎さんは苦虫を嚙みつぶしたような顔になった。

「それになんていうか、全体に雰囲気が暗い」

叔母が言い切る。ほとんど言いがかりだ。

「暗いのは収蔵品の保護のためですよ。強い光に当てたら傷むじゃないですか」

「光量の問題じゃなくて、雰囲気。調度品が古くて傷んでるし、もっと小綺麗にしないとちゃんとした施設に見えないでしょう？　下の案内も小さいし」

「ちょっと、叔母さん」

「看板は以前はもう少し大きな立て看板があったんですよ。でも、出しっ放しにできないから、毎朝出して、夕方回収しなくちゃならなくて……」

　藤崎さんは口ごもった。

「イベントの前に百花たちが作ったＳＮＳだって、その後全然投稿してないんでしょ？　せっかくあれだけ話題になったんだから、次につなげないと」

「いや、言っておきますけど、あのアカウント、開設したのは僕ですからね。まあ投稿はしてませんでしたけど」

　藤崎さんは開き直ったように言った。

「だいたい、別に書くことなんてないじゃないですか。ひとりごとを言っているみたいで気持ちが悪くないですか。あんなの、みんないったいなに書いてるんだろう」

　さっぱりわからない、という顔だ。言いたいことはわからないでもない。わたしもふじさきのアカウントには書きこめたけど、自分のアカウントにはほとんど投稿したことがない。知ってる人の投稿に返事をするのがせいぜいだ。

「言いたいことはわかるわよ。わたしだって自分の店でやろうとは思わないけど……。でも、いい感じで活用してる企業アカウントもあるみたいじゃない？　この前のイベント、あれで売り上げ伸びたんでしょ？　だったら使った方がいいと思うの。継続して投稿してないと、忘れられちゃうわよ」

叔母はぐいぐい行く。藤崎さんは黙ったままだ。

「どうしても一成くんがうまくできないなら、百花にバイト、頼んだら？」

一瞬、なにを言っているのかわからなかった。意味がわかってぎょっとした。

え、バイト？　なにとんでもないこと言ってるの？

「いや、わたし、バイトは……」

探してる。でも、ここはちょっと遠慮したい。

「いや、必要ないです。それにバイトを雇う予算もない」

藤崎さんにきっぱり言われ、イベントのときがんばったからちょっとショックではあったが、正直ほっとしていた。あのときはまわりがにぎやかだから良かったが、このだれもいない空間で藤崎さんとふたりで働くのは気詰まりすぎる。

そのとき、ノックの音がした。

「あ、そうそう、今日はもう一件約束がありましてね」

藤崎さんは咳払（せきばら）いし、立ちあがる。なんとなくそわそわしている感じだ。重要なお客さんなのかもしれない。ここはもう、わたしたちは早く帰った方がいいんじゃ……。叔母の方を見るが、どっかりと腰をおろしたままだ。

藤崎さんは部屋の隅にあった鏡の前で襟元を直し、入口のドアの方に向かった。

「次のお客さんいらっしゃるみたいだし、もう出ようよ」

「そうね」

叔母はしぶしぶのように立ちあがり、のろのろと荷物をまとめはじめた。

「こんにちは。あら、まだ前のお客さまが？　もう少し外で待ちましょうか？」

声が聞こえてふりむくと、入口には女性がふたり立っている。その片方の顔に見覚えがあった。黒髪のきれいな人だ。

だれだっけ。記憶をたどる。でも、ふじさきと関係がある人となると、会ったのはこかイベントの会場のはずだ。

イベント会場……。ぼんやり記憶がよみがえってきた。

ああ、あの人だ。最後、わたしが休憩に出る前に藤崎さんと話していた人。

「いえ、大丈夫です。もう話はすんだところですし……」

藤崎さんの声が聞こえた。心なしか、わたしたちへの対応とちがう気がする。ていねい、というか、腰が低い。

「あ、もしかして、この前の紙こもの市のアルバイトさん？」

女性がわたしを見て言った。

「あ、はい……。そうです」

なんで覚えてるんだろう、と思いながらうなずいた。それにしてもきれいな人だ。イベントのときも思ったけど、上品で身なりに隙がない。

「会えてよかった。ちょうどお話ししたいことがあったの」

そう言って、にっこりと微笑む。お話ししたいこと？

「もしお時間あるようでしたら、ちょっといっしょに話を聞いていただけたら……。一成さん、いいですよね？」

おや？　名前で呼んでる？　もしかしてこの人、藤崎さんの彼女さん……とか？　まさか、こんな素敵な女性が？

「それはまあ、朝子さんがお望みでしたら、僕は別に……」

藤崎さんはなんとなく居心地悪そうな顔でそう答えた。

「じゃあ、せっかくだからごいっしょしましょ」

叔母はうれしそうに言って、さっさとソファに座ってしまう。

強いなあ。ため息をつき、わたしも隅の方に腰をおろした。

5

残念ながら、朝子さん、と呼ばれた女性は、藤崎さんの彼女ではないようだった。

彼女の名前は瓜生朝子。藤崎産業の前社長の妻、藤崎薫子さんの秘書らしい。

「前社長の奥さま？」

叔母が不思議そうな顔をする。

「ええ。つまり、僕にとっては祖母にあたります。僕の祖父であるところの前社長はすでに亡くなって、いまは長男が社長に就任しています。でも祖母は大株主で、取締役会でも依然大きな発言権を持っていましてね」

だから秘書がいるということなのだろう。朝子さんが藤崎さんを名前で呼んでいたのも、一族はみな藤崎だから名前で呼ぶ習慣があるのだ、と気づいた。

藤崎さんが藤崎産業の創業者の一族のひとりということは聞いていたが、すっかり忘れてしまっていた。だが、こうして前社長が祖父だとか大株主とかいう言葉を聞くと、急に金持ちの一族感が出て、富裕層なんだな、とぼんやり思った。

「ボスの薫子は、あなたの考えた組子障子のカード、とても気に入っていました。SNSでの告知も若者らしい発想で素晴らしい、って」

朝子さんが微笑みながら言った。

「あ、ありがとう、ございます」

藤崎さんに対してとは別の意味で緊張し、舌をかみそうになる。

「そして、こちらは豊崎翠さん」

朝子さんがもうひとりの女性を指す。ショートカットで姿勢が良く、瞳がきらきらしている。朝子さんとは別の方向できれいな人だった。

朝子さんの話によると、翠さんは薫子さんの古くからの友人のお孫さんらしい。友人は人形町で長年お茶の店を営んできたのだが、高齢のためこのほど引退することになった。息子は店を継がなかったので、そのまま廃業することも考えたが、孫の翠さんが店を継ぎたい、と言い出した。

翠さんとしては、お茶の店としての伝統を途絶えさせたくない、という気持ちがあり、学生時代から店を手伝い、お茶の勉強もしたうえでのことだった。

翠さんはいまの店を改装し、現代にマッチした店にしたい、そのために販売だけでなく喫茶のスペースを作りたい、と考えていたらしい。店名は「八十八夜(はちじゅうはちや)」。伝統を受け継ぎつつ、新しさのある店にしようと、改装を知人の建築家に頼んだ。

内装は着々と進んでいるが、奥の広い壁面の演出方法が決まらない。鏡はありきたりだし、絵を飾ると特定のイメージができてしまう。決めかねていたところ、たまたま家にやってきた薫子さんが和紙を飾ることを提案したらしい。

「そのとき薫子おばさまが見せてくださった、和紙を使った内装の写真がとても素晴らしくて。和の雰囲気があるだけでなく、神聖で清涼な空気を感じました。これしかない、と思って薫子おばさまにうかがったところ、どれもこの記念館でコーディネイトしたものと聞きまして」

翠さんが言った。

「それで、記念館にお願いすることにしたのです」

朝子さんが言った。

「経緯は承知しています。まずは店の間取り図や写真はないでしょうか」

藤崎さんが言った。

「はい。持ってきました」

翠さんがカバンから書類とタブレットを取り出す。書類は店の間取り図で、タブレットの写真フォルダを開くと、店の写真があらわれた。

「和紙を使いたいと思っているのはこちらの壁です」

翠さんが間取り図を指す。

「なるほど。間口は狭くて縦に長い形だけど、入口側は一面ガラス窓だから、昼間はかなりあかるそうですね」

藤崎さんが図面と写真を見ながら言う。

「はい。ほぼ南向きなので、一日じゅう日がはいります」

翠さんが答えた。

「前の店は、窓はありましたがここまで広くはなくて。深いひさしも出ていたので、店内はもっと薄暗い雰囲気でした。翠さんの考えで開放的な雰囲気に変えたのだそうです」

朝子さんが補う。

「わたしは和紙のことはあまり知らないので……。なんとなく、薄い和紙を使って、うしろから光を当てたらきれいかな、と思ったりしたんですが」

翠さんがつぶやく。

「たしかに和紙を使ったランプシェードもたくさんありますし、光に透ける和紙はうつくしいんですが、店内があかるいでしょう？　だとするとそういう光の演出は日が落ちてからでないと使えません」

藤崎さんがきっぱりと言った。イベントのときのやる気のない雰囲気とちがって、なんだかきりっとしている。

「夜の営業がメインの飲食店ならそれも良いと思いますが、カフェということは昼間がメインでしょう？」

「そうですね。夜は八時ごろまで、と考えてます」

「だとすると、昼間きれいに見えるものの方がいいですね」

「たしかに……。そうですね」

翠さんがはっとしたように藤崎さんを見た。

へえ。藤崎さん、論理的だし、こういう話になると気合いがちがうんだな。いつもとちがう顔つきにちょっと驚いていた。

「僕はふたつのイメージを考えました。ひとつは白い紙を使う方法です。ただし、ただの紙ではおもしろくない。だからたとえばですね……」

藤崎さんが立ちあがり、引き出しから数枚紙を取り出してきた。

いちばん上の紙には、数センチから十数センチの平たい紐（ひも）のような模様が浮きあがっていた。

「これはどうやって……？」

翠さんが訊く。

「漉き合わせという技法で作ったものです。一枚紙を漉き、乾かないうちに上に紐を配置して、その上にもう一枚紙を置いて、合わせて乾かすんです。平たい紐や繊維のほか、太い糸や毛糸を使った作品もありますよ」

「へえ。素敵ですね」

翠さんが紙を手に取り、じっと見た。

「もうひとつは銀や錫の箔を貼った紙です」

藤崎さんが銀色の紙を取り出す。

「うわあ、そちらもきれいですね」

翠さんが声をあげた。朝子さんと叔母も身を乗りだす。折り紙くらいの大きさの銀色の箔がランダムに貼られている。錫なのでぴかぴかではなくマットな銀で、皺が寄ったり重なったり、こすれたように剝げたりしているところもあって、不思議なうつくしさだ。

「箔を膠で貼ったものです。ほかにも箔を少し焼いたり、型抜きしたりしている作品もあります。銀箔や真鍮、銅を使ったものもありますし」

「どちらも素敵です。こんなの思いつきませんでした。わたしの考えていたものをはるかに超えていますが、店のイメージに合っていると思います」

「店が直線的なデザインなので、なごやかなイメージより、少しシャープなものの方が合いそうですね」

藤崎さんの言葉に、翠さんも深くうなずいた。

「いまご紹介したのはどれも手漉きで、注文後の作成になります。だから、あとは作家と相談です。漉きこむ場合は入れる材質や量、大きさ、密度を変えることもできますし、箔の種類や形、貼り方などの調節もできる」

「紙ってすごいんですね。想像以上にバリエーションがある」

翠さんが目をきらきらさせた。

「こちらを紹介してもらって、ほんとに良かったです」

朝子さんの方を見て、うれしそうに言った。

藤崎さんは単なる紙オタクじゃなくて、すごく優秀な人なんだな。急にそう思った。そうでなければ叔母（おば）が仕事を頼み続けるはずがない。お店の内装もたくさん受けているみたいだし、きっとこっちの方が大きな仕事なんだ。

イベントでの小物販売なんて、藤崎さんからしたら小さな仕事なんだろう。そう考えると、なぜかちょっとさびしくなった。

翠さんは記念館に仕事を依頼すると決めたようで、いまここにはない和紙も含め、いくつか見本を取り寄せた上で、後日正式に紙選びを行うことになった。

「では一成さん、あとはよろしくお願いします」

打ち合わせが一段落つくと、朝子さんがそう言った。

「それでね、百花さん。実は百花さんにも相談があって」

急に話を振られ、たじろぐ。

「先ほども申しあげましたが、わたしのボスの薫子は、百花さんたちがおこなったSNSでの宣伝を高く評価していました。若者らしい発想で素晴らしい、と。自分でも毎日SNSをチェックして、楽しんでいたくらいです」

ええと、一成さんのお祖母さん、ってことは、八十歳は超えてるよね？　でもって会社取締役……。そんな年配の偉い人がSNSを？

しかもわたしたちの投稿を毎日見てた？　うわああ、と思った。

「翠さんにもその話をしたところ、彼女も興味を持ってくれまして」

朝子さんが翠さんを見る。

「ええ、そうなんです。いまはこんなふうに発信できるんだ、ってちょっと驚きました。わたしももちろんメールは使いますし、業務でコミュニケーションアプリを使うこともあります。でもそれは限定されたメンバー同士のもので、不特定多数に発信するツールの使い方については迷うところも多くて……」

「それで、翠さんの店の改装計画についても、ああいう形で発信できないか、っていう話になったんです」

朝子さんの言葉にびくっとした。まさか、わたしたちにそれをしろ、ってことじゃないよね？

「今回の紙の制作工程や、取りつけの写真を順次アップしていけば、翠さんの店の宣伝にもなるし、わが社の……いえ、『紙屋ふじさき』の活動の宣伝にもなるんじゃないか、と」

「え、ええ、そうですね」

朝子さんの真剣な目に思わずうなずく。

「あの……」

横から叔母が口をはさんだ。

「いま『紙屋ふじさき』の活動、っておっしゃいましたよね？　藤崎産業と『紙屋ふじさき』は別物なんですか？」

叔母の質問に、朝子さんが少し困ったような顔をした。

「わたしはてっきり『紙屋ふじさき』は藤崎産業の古い屋号で、改称して藤崎産業になったものと思ってました」

叔母が言った。そういえば、記念館の入口近くにあった会社の沿革にもそう書かれていたような気がする。

「基本はそうですが、少しちがいます。江戸時代の屋号は『紙屋藤崎』、全部漢字です。昭和にはいって会社を拡張する際に『藤崎産業』に改称しました。藤崎産業は紙全般を扱う大企業になりましたが、わたしのボスは和紙に強い思い入れがありまして……」

「なぜですか」

叔母が訊いた。

「祖母の実家は和紙の製造元だったんですよ。家で和紙を作っていた。だから、和紙の店である『紙屋藤崎』に思い入れがあった。それで作ったのがこの記念館なんです」

藤崎さんが答える。

「記念館を作るとき、やわらかい印象になるよう『ふじさき』をひらがなにしました。いまは和紙に関する仕事は藤崎産業の業務からはずし、この記念館のみで請け負っている状態です」

朝子さんが言った。

「そうだったんですか」

叔母がうなずいた。

「紙こもの市に出店しているのも、ボスの意向なのです。わが社のサイトの下に紙屋ふじさきのサイトを作ろうという話もあるのですが、ただ作っただけではだれも見にこない。いまはまずSNSで話題にならないとダメなんだ、って」

高齢なのにずいぶんといまふうの発想だなあ。でも、ほんとに偉い人というのはそういうものなのかもしれない。

「わたしたちもいろいろ考えてはいるのですが、なかなか小回りがきかないのです。それで百花さんたちに協力をお願いしたくて」

突然朝子さんにじっと見つめられ、どぎまぎしてしまった。

「いや、ちょっと待ってくださいよ、そんな話……」

藤崎さんが横から言った。

「評価してくださったのはうれしいのですが、あれは学生のわたしたちが書きこんでいたものですから、全然ちゃんとしてませんし……」

「いえ、逆にそこがいいんです。企業が発信すると、どうしても宣伝っぽくなってしまう。ユーザーと同じ視点に立っているからこそ親しみやすいと言いますか……」

翠さんが言った。たしかに最近ではアマチュアの動画作家が企業から宣伝を頼まれるケースも多いらしい。

「藤崎産業全体ということになれば社も慎重になりますが、『紙屋ふじさき』のアカウントであればある程度自由がききます。紙屋ふじさきの名前を広めたい、という野望を持っているのはうちのボスだけですし」

朝子さんがくすっと笑う。

「ちょっと待ってくださいよ。僕だっていちおうここの館長で……」

藤崎さんが抵抗した。

「館の宣伝にもなるんですよ」

朝子さんが有無を言わせない口調になる。

「それに一成さんの手腕も広まりますよ」

「いや、そんなことをして仕事が増えてしまったら……」

そこまで言って、藤崎さんはあわてて口を閉じた。

「どうですか、百花さん。お願いできますか？」

朝子さんがじっとこちらを見る。ものごしはやわらかいけど、押しは強いな、この人。

「あの、でも……。実は、この前の告知は友人の力の方が大きくて、わたし自身はああいうの、あまり得意じゃないんです」

断れなくなって、そう答えた。

「なるほど。でも、そうしたら、そのお友だちも誘っていただけませんか？　もちろんバイト料はお支払いしますから」

朝子さんはたたみかけるように言う。

莉子に訊いたらなんて答えるだろう。フットワークの軽い莉子のことだ。あっさりOKする気がした。

「わかりました。まずは訊いてみます」

「えっ」

藤崎さんが小さく叫ぶのがわかった。わたしだって自信ないし、できれば断りたい。が、この朝子さんという人にはあらがえない。

「よかった。じゃあ、お願いしますね」

朝子さんが微笑んだ。

6

記念館を出てから、アルバイトの件を莉子にメッセージで送った。

莉子からはすぐにOKの返事がきた。かなり乗り気の雰囲気だ。今週末に翠さんとの打ち合わせがあることを伝え、いっしょに記念館に行くことになった。

叔母（おば）はなぜかにこにこと機嫌よく、紙屋ふじさきとまた縁ができたことをえらく喜んでいる。翠さんの店に飾る和紙がどんなものになるのかは気になるし、それ自体には興味があるのだが……。

わたしたちの投稿でほんとに効果あるのかな。バイト料を払うと言われたことで、責任を感じて不安になった。

まあ、莉子にまかせるしかないよなあ。電車に揺られて窓の外の景色をながめながら、ぼうっとため息をついた。

叔母はほかの用事があるようで、乗り換え駅で別れ、ひとりでマンションに戻った。郵便受けを見ると、わたし宛（あて）の封筒がはいっている。差出人の欄に釣り具屋の名前があるのを見て、この前頼んだ貝のシートだと気づいた。

おお、届いた。

エレベーターのなかで封筒を開き、中身を出す。薄い透明な袋が出てくる。よく文具店で売られているシールと同じような包装だが、なかにはいっているのは、たしかに貝のシートだ。この前買ったのと同じような柄と光沢。

だがやわらかい。この前のシートは折り曲げようとしたらすぐにぱりんと割れる感じだったのに、こちらはふつうの紙のシールと同じような感触だ。

ほんとにこれ、本物の貝なんだろうか。申しこんだときと同じ疑問がわいてくる。

母はまだ帰っていない。自分の部屋にはいってカバンを置くと、さっそく袋を開けてシートを取り出した。たしかに裏はシールになっている。この前のシートにくらべれば自在に曲がるが、紙とは感触がちがう。紙よりは厚いし、曲がりにくい方向もある。

だが、とにかく見た目は貝そのものだ。扱いも、前のシートに比べれば格段に簡単そうだ。これならなにか作れるかも。わくわくしながら机の上にカッターや定規などの道具をならべた。

シートの端をちょっと切ってみる。たしかにはさみでも切れる。曲がっても大丈夫だし、ぱりんと割れることもない。だが、薄いけれど紙より硬い、というか、剛性がある。ぴんとしている。

そのせいか、デザインナイフを使っても紙のような感じには切れない。細かい形をくり抜くには慣れが必要かもしれない。細かい曲線に切ることはあきらめ、単純な形にすることにした。

とりあえず正方形かな。正方形ならたしかクラフトパンチがあった。前にクリスマスカード作りをしたときに買ったのだ。型抜き用のパンチで、文具店に行くと、いろいろな大きさの丸や四角、アルファベットやハート、葉っぱ、花などさまざまな形のものが売られている。戸川さんも値札に使ってたっけ。

あれ、このシートにも使えるかな。使えたら、はさみやナイフで切るよりきれいな形に切り抜くことができる。引き出しのなかを探ると、すぐにパンチが見つかった。

いけるかな。

シートを通し、上から押す。紙より硬いが、強く押すとがしゃんとさがった。端がヨレたり欠けたりすることもなく、きれいに抜けた。

やった。いけるじゃん。

四角く抜いた貝を白い紙の上に置く。なかなかきれいだ。今回は裏がシールになっているから貼るのも楽だった。

だが、なんとなく物足りない。なんというか、ただ貼っただけ、という感じだ。もちろんこんな方法で螺鈿（らでん）みたいにうつくしいものを作れるわけはないのだが。シールよりは厚みがあるから、紙の表面から飛び出してしまうのも気になった。

そうだ、紙をデボスにすれば……。

ちょっと考えていて思いついた。エンボスは裏面を押しあげて浮かす加工で、反対に凹（へこ）ませる加工がデボス。空押しとも言う。

この要領で紙の表面を凹ませて、凹みに貝を貼る。そうすれば表面から飛び出すこともないし、埋めこまれたような感じに仕上がるかもしれない。

エンボスなら前にやったことがある。家にあるものでも簡単にできた。

クリアファイルみたいな薄いプラスチック板を型の形に切り、エンボスする紙の下に置く。紙の上から、硬くて先の丸い棒のようなものでプラスチック板の輪郭に重なっている部分をなぞるのだ。輪郭が浮きあがるくらいまでこすればできあがり。これを裏返せばデボスになる。

母の部屋に行くと、隅に古くなったクリアファイルの束があった。そこから一枚拝借し、先の丸い棒を探す。紙を凹ませるので硬くないといけない。だが尖っていると紙が破れてしまうから、丸くないといけない。

ほんとうは専用の道具があるらしいけど、いま作りたいのだ。代わりになるものを探して机の上を探った。

あ、これならいけるかも。鉛筆の銀色のキャップを見て思った。硬いし、先が適度に丸い。

貝シートはクラフトパンチでくり抜いたので、それと同じ型でエンボスすればいいわけだ。そしたら、クリアファイルもクラフトパンチで抜けば……。

パンチにクリア・ファイルの片側だけはさみ、ぐいっと押す。

抜けた。優秀だな、クラフトパンチ。

一枚の厚みだけだと足りない気がして、もう一枚型を抜き、両面テープで貼り合わせる。

それから紙にエンボス。久しぶりの作業で楽しい。キャップでこすっているとだんだん輪郭があらわれる。こするのは輪郭部分だけでいい。一周したらできあがり。裏に返すと紙が四角く凹んでいる。

クラフトパンチで貝シートをもう一度四角く抜き、凹みに嵌めるように貼りつける。凹みと貝がぴったり同じ形なので、少しでも曲がると目立つ。慎重に貼りつけた。

お、なかなかいいぞ。凹みに貝が嵌めこまれている感じ。箔押しみたいだ。

もう少し複雑な形のクラフトパンチでもできるかな？　硬いから細かいところはうまく抜けないかもしれないけど、ハートや星くらいならなんとかなるかも。いや、それだったら小さい丸や四角をいくつか配置した図柄とかの方がおしゃれに仕上がるかな。慣れたらナイフに挑戦してもいいかもしれない。

ひと息ついて椅子の背にもたれる。机の上の棚に置いてあった泉先輩の本に目がとまった。

泉先輩、どうしてるかな。就活、少しは進展しただろうか。

気になってはいるが、こちらから連絡するわけにもいかず、そのままになっていた。

そうだ、残りのシートでなにか小さいものを作って、本を返すときいっしょに渡そう。

だったら栞かな。本にはさんで渡せるし、この前のシートだと曲がったら割れてしまいそうだったけど、これなら割れることもなさそうだ。

貝シートはもう残りが少ない。失敗できないから冒険は避け、正方形のクラフトパンチを使うことにした。

紙はやっぱり白がいい。それも純白。

部屋にある紙をいろいろ探して、真っ白い和紙を選んだ。正方形を四つ、田の字の形にならべ、貝を貼る四角と貼らずにデボスだけにする部分を交互に置いて、市松模様のようにすることにした。

栞として適切なサイズを考え、模様の配置を決めて、デザインナイフで紙を切る。紙をまっすぐに切るのは意外とむずかしい。切れ目ががたがたするのもみっともない。四角を四つならべてずれないようにエンボス加工するのも至難の技だった。

ほんと、こういうことがむずかしいんだよね。この前の組子障子のカードのときも思った。手書き風の味わいのある線より、きっちりまっすぐにすることの方がずっとむずかしく、熟練が必要だ。

何枚か失敗して、ようやくなんとか納得のいく台紙を作れた。失敗しないように貝のシートをクラフトパンチで抜く。

曲がらないように貼らないと。シートの裏紙を剝がし、台紙をじっと見る。四角が四つならんでいるから、曲がるとひとつだけのときより目立つ。慎重にふたつの角を合わせ、少しずつ貼っていく。

二枚とも貼り終わり、大きく息をつく。貼っていたあいだ息を止めていたことに気づいた。

けっこうきれいじゃないか。

曲がりも歪みも気にならない。満足して、何度もながめた。角度を変えると貝の反射が変わる。やっぱり貝殻ってきれいだなあ。貝シート、ほかの種類のもあったから、また買って作ってみようか。

泉先輩に直接メールするのはためらわれて、莉子にメッセージを送った。莉子は今期も泉先輩と同じ授業を取っていたはずだ。栞のことには触れず、泉先輩に本を返したい、と書いて送ると、授業で会ったときに返しといてあげる、という返事がきた。

莉子の方が泉先輩とつきあいも長いし、いまはまかせた方がいい気もした。週末莉子といっしょにふじさき記念館に行くことになっていたので、本はそのときに渡すと約束した。

土曜日、翠さんの店の紙選びを見学するため、ふじさき記念館に向かった。莉子の提案で、見学には森沢先輩も同行することになった。

森沢先輩は動画撮影が得意で、自分で作成した動画をネットで配信している。内容はだいたい自転車旅行を題材にしたものだ。森沢先輩は自転車愛好家で、休日になると各地に自転車で出かけている。

ヘルメットに小型軽量デジタルビデオカメラを取りつけて運転中の映像を撮ったり、行った先の風景を実況中継したり、東京からそれほど遠くないが、あまり人が知らないスポットを紹介するのでけっこう人気があり、視聴数を稼いでいるらしい。

わたしも何度か見たことがあるが、山の上から自転車で降りていくところを撮影した動画など、景色もきれいでスピード感もあってけっこう楽しかった。

森沢先輩は、大学にいるあいだに一本くらいは映画も撮りたいんだよね、と言っていた。むかしは映画を撮るなんてたいへんなことだったが、最近では機材もコンパクトになり、スマホだけで撮った作品もあるみたいだ。

映画といっても、物語ではなくドキュメンタリーっぽいものを作りたいらしい。ドキュメンタリーでも素材を集めただけではダメで、内容の編集が必要になる。短い動画を撮るのにくらべていろいろむずかしいらしい。

今回、朝子さんの意図を説明したところ、莉子が、写真だけでなく動画も入れた方がわかりやすいし面白いかも、と言って、森沢先輩に声をかけたのだ。

記念館での打ち合わせは三時からだったが、莉子も森沢先輩も日本橋ははじめてで、せっかくだから少し街を歩いてみることになった。考えたらわたしも叔母(おば)に連れられて記念館に行ったときがはじめてで、その後も記念館にしか行ったことがない。

一時に髙島屋の前で待ち合わせして、まずは前から気になっていたとなりのビルの前に建つ和紙の店「はいばら」に向かう。

立派な水引や和紙が飾られているが、建物も内装もすごくおしゃれだ。商品も、封筒やポチ袋、ご朱印帳など、魅力的なデザインのものがならび、莉子もわたしも興奮して、あやうく散財しそうになった。

「素敵だね、やっぱり老舗っていうか」

店を出て歩きながら莉子が言う。とりあえず橋の方に向かって歩いて行く。

「街並みも道が広くて、建物も大きくて、日本橋ってすごいんだな」

森沢先輩があたりを見まわした。

「歴史を感じますねえ」

莉子もうなずく。

「うん。ずっと東京に住んでて、いろいろ知ってるつもりだったけど、こっちはまた全然ちがうんだなあ」

「池袋や新宿・渋谷とは雰囲気が全然ちがいますね」

わたしもうなずいた。叔母に連れられてはじめて記念館を訪れたときからずっとそう思っていた。

「地形が平べったいのもあるかもですね。銀座もそうですけど、平らで見通しがいいし、道もまっすぐだし」

「ああ、そうかもしれない。渋谷なんて凹凸がすごいもんな」

森沢先輩が言った。

「池袋や新宿の駅のまわりはそんなに坂ない気がしますけど、道がごちゃごちゃしてますよね。看板みたいなものも多いし」

莉子がつぶやく。橋までやってくる。川の上は首都高に覆われているが、橋の途中の柱には立派な獅子（しし）や麒麟（きりん）の像があった。

「将来的には首都高が地下に移動するかもしれないらしいよ」

森沢先輩が首都高を見あげる。

「そしたら風景変わるでしょうねえ」

莉子もあたりをぐるりと見まわした。

「橋の向こうにも三越（みつこし）とか、銀行とか、古い建物がいろいろあるみたいですよ」

叔母から聞いた話を思い出しながら言った。

「そうそう、ネットで調べたら貨幣博物館なんていうのもあるみたいだ」

森沢先輩が言った。

「面白そうですね。今日は時間的に無理そうだけど……」

莉子が残念がった。

「これからお昼食べたら二時過ぎるだろうし、博物館はちょっと無理だね」

森沢先輩の言葉にあわてて時計を見る。

「そうですね、そろそろお昼食べないと。なにがいいですか」

「やっぱりここまで来たんだから、日本橋名物みたいなのがいいよなあ」

「つじ半ってとこが有名みたいですよ。海鮮丼があるみたいで」

莉子が言った。

「海鮮丼！　いいね！」

森沢先輩が飛びつく。

「あと、お多幸っていうおでん屋さんとか、やぶ久っていうお蕎麦屋さんとか。どれも八重洲寄りなんですけど」

「じゃあ、とりあえずそっち側に行ってみよう」

森沢先輩が歩き出し、わたしたちもあとについていった。

八重洲側の一角は、大通りとはちがって小さな飲食店が立ち並び、池袋や新宿と似た繁華街の雰囲気だった。悩みに悩み、結局蕎麦屋のやぶ久にはいった。会社員のランチタイムは終わっていたようで、すんなりはいることができた。

カレー南蛮が名物と聞いて、三人ともカレー南蛮にすることにした。豚と鶏があり、辛さも四段階から選べる。森沢先輩は豚の辛口、莉子とわたしは鶏で、わたしは普通にしたが、莉子は無謀にも激辛口を頼んでいた。

「うおっ、辛っ」

やってきた蕎麦をすすり、莉子が声をあげる。

「大丈夫？」

なんでいきなり激辛頼むんだよ、と思いながら声をかける。

「いや、でもおいしい、いける！」

莉子は持っていたゴムで髪をしばり、本格的に蕎麦にいどみはじめた。心配しなくても良さそうだな。わたしも蕎麦を一口すすった。

おいしい。あまりどろっとしていなくて、きりっとした味だ。そこから三人とも無言になり、夢中で蕎麦をすすり続けた。

「あ、そうだ、莉子、これ……」

食べ終わって一息ついたところで、泉先輩の本のことを思い出した。カバンのなかから袋を出す。

「ああ、泉先輩の本？」

袋を見た莉子が言った。

「そう。でも、荷物になるから、帰りに渡そうか」

「いいよ。文庫本でしょ？　忘れるといけないから、預かっとくよ」

莉子に言われ、袋を手渡した。

「なんの本？　見ていい？」

「いいよ」

「ああ、これか。わたしも前に泉先輩から借りた。おもしろいよね。最後、驚いたでしょ？」

「うん。やられた、って思った」

フランスの作家が書いた小説で、一般小説だがミステリのような仕かけがある。

「なつかしいなあ」

ぺらぺらっとページをめくっていた莉子の手が止まった。

「これは？」

わたしの作った栞を見ている。

「栞。作ったの、お礼に」

「え、これ、百花が作ったの？　うそ、なにこれ、このきらきらしてるやつ」

莉子が貝シートを貼った部分を指す。

「貝殻だよ。あこや貝ってわかる？」

「真珠が採れるやつ？」

「そう。貝殻の内側にも真珠層ができるの。それを薄く切り出したもの。螺鈿細工とかに使われるんだよね」

「へええ、螺鈿……」

莉子は貝片をじっと見た。

「叔母の店で漆でアクセサリー作ってる人の個展があって、作品見てたら貝を使ってなにか作りたくなっちゃって……。それでいろいろ調べてたら、本物の貝を使ったシールを見つけたの。ルアーってものに貼るんだって」

「ルアーって釣りで使う疑似餌のことだろ？」

森沢先輩が言った。

「光って目立つからかな。貝を使って作るって話は聞いたことある」

「そうなんですね。そういうの全然わからなかったんですけど、買ってみたらシール状になってて、曲げても割れないし、簡単に切れて、すごく扱いやすくて」

「そういうのがあるんだ。それにしても、百花、こういうのほんとにうまいよね」

莉子が感心したように言った。

「いや、それはシートを切って貼っただけで、繊細な螺鈿とは全然別物なんだけど、でもこれだけでもちょっときれいかな、と思って……」

「切って貼っただけじゃないじゃん。紙が凹ませてあって、そこにぴたっと嵌めこまれてる。すごくきれいだよ。市松模様になってるのもおしゃれだし、よくこういうの思いつくよね」

「市松模様にしたのは、四角しか作れなかったからで……。扱いやすいっていっても、紙みたいには切れないんだよね。単純な形じゃないと失敗しそうだったから、苦肉の策で」

わたしは照れ笑いをした。

「いや、ほんと、うまいと思うよ。この前のイベントの組子のカードもきれいだったし、これも……。この紙を凹ませるのとかどうやってやったんだ？」

森沢先輩が訊いてくる。

「それは意外と簡単なんです。道具がないと説明しにくいから、今度部室で実演しますよ。それより、アンテナショップ見るなら、そろそろ出た方が」

「あ、ほんとだ。じゃあ、こっちはまた今度」

莉子は栞を本にはさみ、袋にしまった。

7

アンテナショップのにほんばし島根館、奈良まほろば館、日本橋とやま館、ここ滋賀などをちらちらのぞきながら、記念館に向かった。

いきなりあのさびれ方を見たら莉子も森沢先輩も引くかもしれない。そう思って事前にそのことは説明しておいたが、エレベーターといい、記念館の入口といい、実際にその場に立つとふたりともなんとも言えない表情になった。

「ここはたしかに……。叔母さんじゃないけど、テコ入れが必要かもね」

莉子が小声でつぶやいた。

館の奥にある藤崎さんの部屋をノックする。ドアを開けてなかにはいると、翠さんはもう来ていた。今日は朝子さんはいない。おしゃれなスポーツウェアっぽい服を着た男性と、カジュアルなスーツを来た女性が翠さんのとなりに座っていた。

「遅くなってすみません」

大人ばかりの雰囲気に飲まれ、思わず深々とお辞儀した。

「大丈夫ですよ、時間通りです」

翠さんがにこっと笑った。

男性は久川さんと言って、翠さんの店の改装を請け負った建築士、女性は真田さんと言い、久川さんの助手らしい。久川さんにはわたしたちのことは事前に翠さんから伝わっているらしく、軽く自己紹介をすると紙選びの打ち合わせがはじまった。

森沢先輩と莉子はソファのまわりに立って、動画や写真の撮影をはじめた。わたしはなにをしたらいいのかわからず、結局ソファの近くに置いてあった丸椅子に座った。

藤崎さんは紙を数枚机のうえにならべ、一枚ずつ説明している。大きな面を作る紙ということで、サンプルもかなり大きかった。繊維や植物や糸が漉きこまれたもの、さまざまな箔が貼られたもの、レース模様になっているものなど個性的な紙ばかりだ。

莉子も、すごい、こんな紙があるんですね、と身を乗り出した。熱心に写真を撮り、説明がはじまると、スマホにメモを取る。森沢先輩は黙ったままだが、いろいろな角度から撮影を続けている。わたしはただぽかんとふたりの動きを見ていた。

ふたりともすごいなあ。だれにも指示されないのに、自分がなにをするべきかしっかりわかってるみたいだ。

泉先輩と話したあと、莉子は自分がなにをしたいのかはっきりしない、って言ってたけど、コミュニケーションもうまいし、機転もきくし、どこにはいったってうまくやっていけそうな気がする。

森沢先輩も……。だいたい、ふたりともすでに自分でなにかを発信してるじゃないか。ただ発信してるだけじゃない。フォロワーもたくさんいて、学外の人とも活発に交流している。それにくらべてわたしは……。

「雲龍紙（うんりゅうし）とか落水紙とか、装飾された和紙はこれまでもいろいろ見て来ましたが、こんなに多様な表現があるとは。驚きました。それにどれも大胆で力強い。すごい素材ですね、紙は」

久川さんの声がした。

「これだけいろいろあると迷いますね。久川さん、どう思いますか？」

翠さんが久川さんに訊く。

「そうですねえ。ここにあるのはどれもおもしろそうで……。困りましたね」

久川さんが苦笑いする。

「これは？」

久川さんがいろいろな形の花の型が押された紙を指す。

「これは菓子木型を使ったものですね」

「菓子木型？」

「干菓子を作るときに型を使うでしょう？　あれで型押ししたものなんです」

藤崎さんが答える。

「ああ、菓子木型だったんですね。うちも商売柄、和菓子屋さんとは親しいので、見たことがあります」

翠さんが微笑んだ。

「今度の店でも和菓子、出すんですよね。だったらこれもいいかもしれませんね」

真田さんが久川さんに言う。

「うーん。ただ、ちょっとわかりやすすぎるかな。もうちょっと抽象的なものの方が飽きない気がする」

「それもそうですね」

翠さんがうなずいた。

「学生さんたちは？　どれがいいと思う？」

急に久川さんがわたしたちを見た。

「え、むずかしいですね。正直、どれもこんな紙があるのか、ってびっくりで……」

森沢先輩がテーブルに近づく。

「店の雰囲気がわからないけど、紙の雰囲気だけで言ったら、これかな」

錫(すず)の箔(はく)の上に輪のような模様がいくつも浮きあがった紙を指した。大小さまざまな円形の波紋がランダムに散らばって、雨滴を受ける水面みたいに見える。

「あ、わたしもそれが好きです」

莉子も言った。わたしも気になっていた紙だったので、思わずうなずいた。

「ああ、これね。これは箔を貼ったあと刷毛でこすって波紋を作ってるんじゃないかな」

藤崎さんが言った。

「この紙を作っているのは若い、女性の作家で……。独創的でおもしろい人ですよ」

「女性の作家さん……」

翠さんがつぶやく。

「いいですね。水滴の波紋みたいで……。雨の降る池みたいにも見えるし、お茶を淹れるための水も連想させる」

「僕もこれ、いいと思う。紙なのに力強くて……。おもしろい」

久川さんもうなずく。

「そうですね。じゃあ、こちらにしましょう」

翠さんがうなずいた。

「わかりました。じゃあ、あとはサイズと仕上げ方ですね。パネルに貼ることもできますし、紙のまま天井から吊ることもできる。どうしますか。この紙だったら僕はパネルをおすすめしますが」

藤崎さんが言った。

「そうですね、パネルにしましょう」

翠さんも久川さんもうなずいた。

「実はもうひとつお願いがありまして」

紙選びが終わったあと、翠さんが藤崎さんに言った。

「開店の際、お世話になった方向けのオープニングセレモニーを行う予定なのですが、そのときに記念品を配りたいと思っているんです。中身は自社のお茶ですが、パッケージがなかなか決まらなくて」

「パッケージ？」

藤崎さんが訊いた。

「はい。それもこちらにお願いできないかな、と思いまして。関係者向けなので数が少ないですし、少し値が張ってもいいから、記念になるようなものにしたいんです」

「なるほど。お茶のパッケージで記念になるもの、となると、すぐ思いつくのは茶筒でしょうか。缶に和紙を巻いて作ることももちろんできると思いますが……」

「ええ、それも考えました。でも、ちょっとありきたりかな、と。和紙によっては素敵なものができるとは思うんですが、もっと斬新というか、新鮮というか、もらった人がびっくりするような……」

翠さんが首をひねる。

「茶筒の形だと和風のイメージが定着しちゃってますからね。翠さんの店はもうちょっとモダンな感じを目指してるんですよね」

久川さんの言葉に、翠さんは、そうですね、とうなずいた。

「それに、茶筒では紙らしさが出ない気がして。もっと紙ならではの形にしたい。茶筒は皆さんそれぞれしっかりしたものを持っていらっしゃると思いますし」

「なるほど。紙ならではの形……」

藤崎さんが天井を見あげた。

「この前にもお話ししましたが、白い紙には神聖で清涼なイメージがありますよね。神社を思わせるような。それは、紙が薄くて軽いことにも関係しているんじゃないか、って思ったんです」

「薄くて、軽い？」

藤崎さんが訊きかえす。

「はい。和紙は破れにくい、水にも強い。薫子おばさまからもそういう話は聞いています。揉み紙にして、柿渋やこんにゃく糊、漆を塗れば丈夫になるのだ、ということも。でもやはり、金属や木、石とはちがう。汚したら洗えない。火がつけばすぐに燃える。千年もつ、というけれど、それは大事に保管していた場合だと思うんです」

「ええ、そうですね」

「つまり、紙は大事に守らなければいけないもの。粗末にしてはいけないものなんです。それに文字を書き、後世に残す。だからこそ神聖さが宿るんじゃないか、と」

「よくわかります」

藤崎さんがうなずいて目を閉じた。

「加工すればくりかえし使える器になることも知っていますが、今回はそのままの紙を使いたいんです。神事で染みのないまっさらな紙を使うように、あたらしいことをはじめる、あたらしい絆を作る、という気持ちもこめて」

「わかりました。意向がはっきりしているのはすばらしいことです。こちらも取り組みがいがある」

藤崎さんが微笑んだ。

「この前、薫子おばさまから、こちらで作った組子障子のカードを見せていただいたんです。すごく素敵でした。伝統的でありながら新鮮で、紙の軽やかさもある。ああいう雰囲気が出せたら、と」

翠さんの言葉に胸がどきんとした。翠さんの持っている紙のイメージ、わたしも少しわかる気がした。

「あれって、もともとは百花のアイディアなんですよ」

横から莉子が言った。また余計なことを、と思ったが、後の祭りだ。

「ああ、そうでしたね」

「でも、わたしが作ったのは、自分でカッターで切ったり糊で貼ったりしたもので、完成品にくらべたら拙くて……」

もごもごと答える。

「そんなことないよ」

莉子がかぶせるように言った。

「百花、手先も器用ですし、アイディアがすごいんですよ。今日だって、こんな素敵な栞（しおり）を作ってて」

そう言いながらカバンに手を突っこみ、泉先輩の本を取り出す。うわ、やめて。あの栞、藤崎さんには……。

だが手遅れだった。莉子はすばやく本を開き、栞を翠さんの前に差し出した。

「きれい」

栞を見た翠さんがつぶやく。いや、それは、単に貝シートを切って、紙に貼っただけで……。顔が真っ赤になっているのが自分でもわかる。

「かわいいですね」

横からのぞいた真田さんが言った。

「これ、どうやって作ったんだ？」

藤崎さんが不機嫌そうな声で訊いてくる。

「あの、ルアー用の貝シートを切って……」

しどろもどろになる。

「ルアー？」

藤崎さんが首をひねった。

「釣り具のルアーですよ。ルアーを手作りする人のための商品だと思います。本物の貝を特殊加工して、シール状にしてあるものが釣り具屋で売られているんだそうです」

森沢先輩が横からフォローしてくれた。

「いまはそんなものがあるのか」

藤崎さんは渋い顔で紙をじっと見つめている。

「でも、貼っただけじゃないんですよ、嵌めこんだ感じを出すために、紙を凹ませてからシートを貼りこんでるんです」

莉子がなぜか得意そうに言う。

「全部自宅にあるもので自分の手で作ってるんですよ、わたしは見てないから作り方はわからないけど……」

大人の、しかも各方面のプロの方たちの前で、なんでそんなに意気揚々と話す？

「へえ、なかなか手がこんでるじゃないか。それにアイディアもおもしろい」

久川さんが笑いながら言った。

「ですよね？」

莉子がうれしそうに微笑む。

「箔押しみたいね。でもどうやって思いついたの？」

翠さんが言った。

「百花、螺鈿のアクセサリーを見て、貝を使いたいと思ったみたいで……」

「莉子、やめて。これはただシール貼っただけだから」

いたたまれなくなって莉子の袖をつかんだ。螺鈿を見て思いついたのはほんとだけど、螺鈿のようなすばらしい技法を引き合いに出すようなものじゃない。

「でもこれ、なかなか素敵ですよ。たしかに螺鈿とはちがいますけど、まわりが白い紙のままというところも、わたしは好きです」

翠さんが言った。

「翠さんが言ってた『そのままの紙』っていう考えに通じるところもありますね」

久川さんがうなずく。

「これを箱にすることってできないでしょうか？」

翠さんが藤崎さんを見た。

「これを……ですか？」

藤崎さんが口ごもる。少し嫌そうな顔をしているように見えた。

「この貝の部分を店のロゴマークにして……」

翠さんが「八十八夜」のマークを出した。お茶の葉の形をモチーフにしたものらしい。

藤崎さんはじっとマークを見つめている。

「わかりました。できると思います」

しばらくして顔をあげ、そう言った。

「貝はこのままではちょっと……。でも、方向はわかりました」

え？　嘘？

「紙を凹ませてから貝を貼るという方法はいいとして、さすがに貝の部分はちゃんとした貝を使って、漆で作りたい。紙は和紙。小さめの貼り箱で、立方体にしましょうか。それをたとえば三つでひとつのセットにして、それぞれにちがうお茶を入れる」

「ああ、いいですね。産地のちがうお茶を三種類。鮮度のためには少量ずつの方がいいのでちょうどいいです」

「貝を嵌めた部分以外には漆を塗らない。細工は知り合いの漆職人に頼みます。一度試作品を作りますので、細かい部分の相談はそのときに」

藤崎さんは落ち着いた口調で言った。

「じゃあ、そちらの様子もいっしょにSNSにあげてもいいでしょうか」

莉子がすかさず翠さんに訊く。

「ええ、お願いします」

翠さんがにっこり笑った。

8

パネルの作成がはじまり、莉子や森沢先輩とともに現場を取材させてもらうことになった。先方の都合で、翠さんの店で使う紙を漉くところは見られなかったが、工房を訪ね、紙漉きの様子を見せてもらうことができた。

作っているのは房野さんという女性作家で、小柄でショートカットのやさしそうな人だった。美大を出てしばらく会社勤めをしていたが、市の講習会で和紙作りを学び、この道にはいったのだそうだ。

大きな水槽が白く濁った液体で満たされている。煮熟、打解、塵とりした木の皮の繊維と、水に粘度を持たせるためのネリといわれるものがはいっているらしい。さわってみると、少しとろっとした感触だった。

そこに四角い簀桁を差し入れる。木の四角い枠に、目の細かい簀をはめたものだ。濁った水を簀に汲みあげ、前後左右に揺する。こうして揺らすことで、水のなかの繊維がからまりあい、丈夫で破れにくい紙になる。

記念館のパネルに書かれていた解説を思い出し、こういうことだったのか、とようやくわかった気がした。

揺らすうち、だんだんに水分が抜け、繊維だけが残る。水分を多く含んだゆるゆるの膜だ。最後に残った余分な水分を捨てる。何度かこの作業をくりかえし、膜をだんだん厚くしていく。適度な厚みになったらこの膜を外し、乾かす。

こうして簀を揺らし、何度も重ねていく方法を「流し漉き」というらしい。紙漉きには簀を揺らさない「溜め漉き」という方法もある。もともと中国から伝わって来た手法は溜め漉きで、流し漉きは日本で開発された手法だという話だった。

白く濁った水。靄のように見えるけれど、あれは全部植物の繊維なのだ。小さくなってあのなかにはいったら、藻が漂う海水のように見えるのかもしれない。からまりあった藻の森。それをすくいあげる。

水分は抜けて平べったくなっても、それは森なのだ。あのとき藤崎さんが言っていた、紙は立体、という言葉を思い出す。重なりあった森を凝縮して、紙ができる。そうか、ほんとうに立体なんだ。

房野さんの手の動きはなめらかで、よどみがない。だから簡単そうに見える。だが、体験させてもらうと、容易ではなかった。

「うっわ、むずかしー」

簀を持った莉子が揺すりながら声をあげる。水をすくうのと揺するのは大丈夫だが、残った水を捨てるときがうまくできないみたいだ。

なにしろ簀のうえの膜はまだ固体といえない、ゆるゆるの状態だ。それを傾けながら、勢いよく振って水を捨てる。膜がどうしてもぐちゃっとなり、皺が寄ったり、ちぎれてしまったりする。

結局、皺が寄ってしまったのを房野さんに直してもらい、水からあげたあと、上からシャワーをかけることによって、落水紙という前に見た穴の空いた紙にしてもらった。

次にわたしも試してみたが、やはりうまくいかなかった。何回か水を捨てるので、うまくいったときもあればダメなときもある。わたしのは途中で下の方がちぎれてしまい、房野さんが次の膜をつなげて、厚さのグラデーションのある紙になった。

「紙漉きって、もともとは農家が副業でやってたんだそうです。楮は一年で育ちます。冬のあいだ、農家は仕事がないでしょう？　だから畑の周りに楮を育てておいて、冬になったら紙漉きをする。家のなかの土間みたいなところでね」

房野さんがそう言った。

「農閑期にカゴを作ったり、草履を編んだりするのと同じです。紙作りはけっこうお金になったようですよ、むかしはね。戦後はどんどん工場で洋紙を作るようになったので、和紙作りは廃れてしまいましたが」

工房にある和紙はため息が出るほどきれいだった。なにかが漉きこまれていたり、透かし模様がはいっていたり。レースみたいな紙もあった。繊細な工芸品だなあ、とため息が出た。


箱の方も作業は見ることができなかったが、試作品を記念館で撮影した。

箱は真っ白な立方体。てのひらにのるくらいの大きさだ。真ん中に「八十八夜」のロゴマークの形の貝が嵌めこまれている。貝を嵌めこむため、芯にクッション紙を用いて深く凹ませ、うえに真っ白い和紙を貼ったらしい。

貝の部分も深みのある輝きで、ため息が出るほどうつくしかった。あわび、夜光貝、黄蝶貝。裏側に彩色されているものもあるそうで、とりどりの色に輝いている。貝のとくにきれいなところだけを使い、漆で塗ったうえで炭で研ぎ出したらしい。

「きれいですねえ」

莉子もうっとりとため息をつく。

だから言ったでしょ、ほんものは全然ちがうんだって。そんなことを思いながら、うつくしさに涙が出そうになった。

翠さんも仕上がりに感激し、藤崎さんの計画通り、箱は三種類作ることになった。三つとも箱は同じで、真ん中に嵌める貝の色だけを変える。虹色の光沢があるので単一の色にはならないが、青系、エメラルド色系、紫系。

やっぱり職人さんの仕事はちがうなあ。精巧でゆるみがない。貝を貼った部分以外はまっさらな紙。どうやって漆を塗ったのかさっぱりわからない。仕事の痕跡はまったくなく、天然物のようにそこにある。

紙の清々しさと螺鈿の精巧な輝き。

貝シートで作った栞が恥ずかしくなる。藤崎さんや翠さんにあれを見られたときは穴があったらはいりたい気持ちだった。でも、莉子には感謝している。この箱ができたのはあのとき莉子がむりやり推してくれたからだ。

莉子が撮影した箱の写真や、森沢先輩が撮影した紙漉きの動画をアップすると、SNSでも話題になった。紙屋ふじさきだけでなく、「八十八夜」への関心も高まり、店のフォロワーも増えたらしい。

この小箱は制作費がかかりすぎるのでオープニングセレモニー限定だが、少し仕様を変えて販売にも使うことも考えている、と翠さんは言っていた。

数週間後、内装が完成したと聞いて、わたしたちは人形町にある「八十八夜」に行った。

真あたらしい店内。淡いグレーの漆喰の壁に、茶道具のならぶ石のカウンター。あかるいカフェのような雰囲気。だが、テーブルや棚のデザインや全体の配色に和の雰囲気がある。

奥の壁には大きな和紙のパネルがかかっていた。錫の箔の上に浮かびあがる大小さまざまな波紋。雨のあたる水面のようで、紙そのものが絵画みたいだった。

やっぱり藤崎さんってすごい人なのかもしれないな。ふとそう思った。

――いや、そんなことをして仕事が増えてしまったら……。

あのときそう言っていたけれど、あれはきっと仕事の質を落とさないためだったんだ。

真剣にパネルの仕上がりをチェックしている藤崎さんを見ながらそう思った。

変人だけど、悪い人じゃない。

「百花さん、莉子さん、森沢さん」

店の奥でスタッフと相談していた翠さんがわたしたちの方にやってくる。

「今回はいろいろありがとうございました。皆さんのおかげでオープン前からお店に関心を持ってくれる人が増えました」

翠さんがにっこり微笑む。

「いいえ、わたしたちはなにも……」

莉子が両手を横にひらひら振った。

「今週の土曜日、オープニングセレモニーを開くんです。小箱入りのお茶もそのとき配ります。よかったら三人でいらっしゃいませんか？」

「え？」

「いいんですか？」

三人で顔を見合わせた。

「ええ、もちろん」

「じゃあ、お願いします！」

莉子が元気よく答える。嘘、と思いながら、莉子の横顔を見る。いや、偉い人ばっかりの会だよ。わたしたち学生は場違いじゃ……。

「僕もうかがいます。せっかくの機会ですし、社会勉強として」

森沢先輩もきりっとした表情になる。

「あ、と言っても、わたしたちは若輩者ですから、お手伝い要員としてこき使ってください。わたし、レセプションの受付のバイトもしたことありますし」

莉子が言った。

「僕も、もしよければセレモニーの記録動画、撮影します」

さすがだなあ、ふたりとも。

「ありがとう。でも大丈夫よ。オープン後に働いてくれるスタッフに頼んであるから。お客さまとして来てくれれば大丈夫」

翠さんがにっこり笑う。

「わかりました。でも、なにかあったらいつでも言ってください。そういうセレモニーって、なにかと人手が必要になると思うので」

莉子がはきはきと答える。

「百花さんは……？」

翠さんがこっちを見た。

「あ、あの、わたしは……」

「一成さんは、自分はそういう場は苦手だから、って。でも、朝子さんと薫子おばさまもいらっしゃいますし」

「もちろん、百花も来ます！　ね、百花」

莉子が横から口をはさむ。

「う、うん……。すみません、ではお言葉に甘えて、お邪魔します」

オープニングセレモニー。そんなところでうまく会話できるのかな。不安になりながらうなずいた。

次の晩、泉先輩からメッセージが来た。

一社内定が取れた、と書かれている。地元の観光協会らしい。

文面を見て、思わず、やった、と叫んだ。

ずっとマスコミを考えていたが、わたしたちと話したあと、自分がほんとうはなにがしたいのか、考え直したのだそうだ。それで、自分がやりたいのは雑誌を作ることだってわかった、と書かれていた。企画を立て、取材し、文章を書いたり写真を撮って、レイアウトする。それ自体が好きなのだ、と。

たしかにマスコミにはいれば雑誌を作る部署に行けるかもしれない。でも、行けないかもしれない。行けたとしても、それが自分の作りたい雑誌かどうかはわからない。雑誌の売れる、売れないにもあまり関心がない気がする。

そんなとき地元の駅で、観光協会の作ったリーフレットを見た。泉先輩と莉子は、埼玉県秩父(ちちぶ)市の出身だ。通うのがたいへんだから、莉子は大学の近くに下宿しているが、泉先輩は自宅から一時間半以上かけて通っている。

リーフレットは地元の観光情報やハイキングマップ、お店の情報などが掲載されたもので、あたらしいものが出るといつも読んでいた。小冊子研究会にはいったのも、もともとはこういうものを作りたかったんだ、と思い出した。

それでなにげなく調べてみたところ、観光協会の求人があったのだ。先輩の住むところからは少し離れたエリアだが、新卒の採用があるという。申し込むとすぐに試験になり、あっさり内定をもらうことができた。

百花のおかげでもあるんだよ。メッセージに書かれていた一文を見て、どういうことだろう、と思った。

百花がくれた栞を見て、最初、二年生は気楽でいいなあ、ってちょっと恨めしくなったんだよね。自分もあのころに戻れたら、って。でも少し考えて、いまの自分は就活のことばかり考えて、大事なことを見失ってるんじゃないか、って思った。

試験を受ける会社に合わせて自分を演出しようとしてきたけど、そんなの入社してから続くわけがない。

自分の人生を生きるために就職するんだから、会社の知名度とかじゃなくて、ほんとにやりたいことにしないといけないんだよね。

──自分の人生を生きるために就職するんだから。

泉先輩の言葉が胸に刺さった。

そうだよな。就職してからの方が長いんだし。大学までの学生生活って結局全部受け身でいい。だけど社会に出たらそうはいかない。取り繕ってもできないことはできない。

ちゃんと自分にできることを見つけないと。

自分にできること。どんなことでも最初から完璧にできるわけがない。だからもっと勉強しないと。知識を得るだけじゃなくて、外に向かって行動しないとダメなんだ。莉子や森沢先輩みたいに。

大学にいられるのは限られた時間だけ。そのあいだに自分の道を決めるんだ。

まずは、翠さんの店のオープニングセレモニーに行ってみる。森沢先輩が言っていたとおり、貴重な社会勉強じゃないか。

うーん、とのびをし、がんばろう、と思った。

9

土曜日、莉子たちといっしょに「八十八夜」に向かった。莉子も森沢先輩もめずらしくスーツ姿だ。わたしは大学の入学式のときに買った紺色のワンピースを着た。

完成した店の風景を撮影しようと、少し早めに到着。この前とはちがい、棚にも商品がならび、カウンターにはお茶の道具がセットされている。ほんとうにオープン間近、という感じだ。

藤崎さんはパーティーが苦手だという話だったけれど、いちおう仕事でお世話になったんだから少しくらい顔を出すかと思っていたが、ほんとに来なかった。代わりに花と和紙でできた素敵なカードが送られて来ていた。

莉子が言っていた通り、なにかと人手が足りない様子で、わたしたちも受付を少し手伝うことになった。

セレモニーがはじまると、翠さんがやって来て、もう受付は大丈夫だから、お料理を楽しんでね、と言ってくれた。ときどき、紙屋ふじさきのSNSを見た、と言ってくれる人もいて、莉子も森沢先輩もいろいろな人と社交的に話している。

わたしはなんだか気おくれしてしまって、店の隅の椅子に座っていた。

「百花さん」

聞き覚えのある女性の声がして、見ると朝子さんが立っていた。

「朝子さん。今日はありがとうございます」

立ちあがり、お辞儀をする。うしろに年配の女性が立っているのが見えた。白髪をふんわり巻いて、品のいいスーツを着ていた。

「こちらこそいろいろありがとう。箱のこと、また百花さんからアイディアをいただいたと聞きました」

朝子さんがにこっと微笑む。

「いえ、とんでもないです。あれはすべて職人さんのおかげで……」

それに、すべてをコーディネイトした藤崎さんの力だ。紙の知識はもちろん、藤崎さんが漆の職人さんともつきあいがあったからこそできたこと。

「でも、もとのアイディアは百花さんの栞だった、って聞きました」

あれも……。わたしひとりだったら、栞を出したりはしなかった。莉子がいたからだ。

わたしは、なにもできていない。

「ありがとうございます」

うつむき、小声で言った。

「こちらは、藤崎産業の取締役の藤崎薫子です」

朝子さんに言われ、顔をあげる。朝子さんのうしろで、白髪の女性がしずかに微笑んでいた。

「ということは、藤崎さんのお祖母さま……？」

「薫子です。はじめまして」

薫子さんがにっこりと話しかけてきた。

「は、はじめまして」

「あなたが百花さんなのね。組子障子のカードも、貝の小箱も、なかなかおもしろいアイディアでした。楽しませてもらいましたよ」

「あ、あの……。ありがとうございます」

膝に頭がつくくらい、深々とお辞儀した。

「貝の小箱は一成もずいぶんこだわって作ったみたいで……。おかげでコストがかかりすぎて原価割れ寸前だって、あとでぼやいてたけど」

薫子さんが楽しそうに笑う。

「そうなんですか。すみません」

あの貝の細工はやっぱり相当費用がかかったのだろう。

「いいわよ、あなたが謝ることじゃない。それより、あの偏屈で引きこもりの一成を動かしてくれて、ありがとう」

偏屈で引きこもり……。その言葉にちょっと緊張が解けた。

「まったくねえ。あの子は頑固で、自分がおもしろいと思わないことにはまったく意欲を持たなくて。子どもよね、子ども」

薫子さんは呆れたような顔になる。

「今回の件も、百花さんたちにちゃんとお礼をするよう、一成には言ってありますから。ほんと、SNSもね、やってみればおもしろいのに、あの子は全然やろうとしない」

「やってみれば……？」

「わたしはね、ちゃんとはじめましたよ。八十歳の誕生日からね。現代人のたしなみですもの。ほら、これがわたしのアカウント」

薫子さんはバッグからスマホを取り出し、画面を見せた。アイコンはにっこり笑った顔写真。風景や工芸品など、きれいな写真がずらりとならんでいる。

うわ、やっぱ。わたしのアカウントよりよっぽど投稿が多い。写真の撮り方もかっこいい。まじまじと薫子さんの顔を見つめる。

「あたらしいものに触れないと、頭、固くなっちゃうのにねえ。子どものまま老人になっちゃっていいのかしらね、あの子は」

薫子さんがそう言うと、横で朝子さんがくすくすっと笑った。

「ねえ、百花さん」

薫子さんがわたしを見る。

「記念館でアルバイトしてみませんか？」

「え、記念館で……？」

叔母と同じ提案に、思わず固まった。叔母のは部外者の勝手な妄想だが、この人は藤崎産業の偉い人。紙屋ふじさきのアカウントのことでもそうだったが、この人に言われたら藤崎さんもしたがわざるをえないみたいだし……。

「ええ、大学もあるでしょうから、まずは土日だけ。記念館の監視員をしながら、紙こもの市で販売する商品企画をしてほしいの」

「紙こもの市の商品企画……」

それは楽しそうな仕事だ。この前もとても楽しかったし。でも……。

組子障子のカードだって、今回の貝の小箱だって、偶然思いついたようなものだ。ビギナーズラック、ってやつ。そうそう何度も幸運はやってこないだろう。

「一成の下で働くのは、不安？」

薫子さんがにこにこ笑う。

「いえ、そうではなくて。自信がないんです。商品を作るのは楽しいですけど、そんなにたくさん思いつくかどうか……」

「なるほどねえ」

　薫子さんがうなずく。

「わたし、そんなに紙にくわしいわけじゃ、ないんです。そういう素養っていうか、知識の蓄積があればいろいろ思いつくかもしれませんけど……」

「大丈夫よ、そういうのは一成にやらせればいいんだから」

　そう言われて、うっ、と息を呑んだ。

「藤崎さん、紙こもの市の仕事にはあまり興味がないみたいで……。でも、このお店の仕事のときはとても生き生きしていました。こういう仕事の方が大きいですし……」

「でもね、それはわたしの知り合いだったから取れた仕事でしょ？」

　薫子さんがじっとわたしを見る。

「すばらしい技術があっても、それを必要とする人がいないと廃れてしまうの。和紙のこともね、限られた人だけしか知らないんじゃ、どんどん先細りになる。裾野を広げなくちゃいけないのよ」

「裾野……」

「だから、紙こもの市に出てもらってるの。ああいうイベントに出ることで知名度をあげる。そしたら大きな仕事もくるかもしれない。それに、いまは限られた一部の人に高級なものを売るより、多くの人に小さな幸せを届けた方がうまくいく時代だと思う」

薫子さんはきっぱりと言う。にこにこしているが、目には強さがあった。

「正直に言うと、記念館の存続もかかってるのよね」

薫子さんは目を伏せ、ふう、と息をついた。

「記念館の存続？」

「記念館のはいっているあのビルは、数年後には取り壊すことになる」

「そうなんですか？」

「あのあたり一帯、再開発であたらしいビルが建つの。まわり、空きビルになってるところも多かったでしょう？ あのビルもほとんどテナントに貸していて、うちが使っているのは四階の記念館だけ。現社長が売るって決めて、テナントも契約更新の時期に少しずつ出てもらっているの」

「そうだったんですか」

「あのビルがあるかぎりは記念館は続く。でも、立ち退いたときに記念館を残せるか、わからない」

そうなのか。さびれた記念館のことを思うと、それも当然か、という気がした。あれでいいわけがない。叔母も言っていたけれど、やっぱり企業はそんなに甘くない。

「それが決まってから、一成も意欲がなくなってしまった。なにをやっても無駄だと思ってる。でも、わたしはそうは思わない。いまからでもできることはあると思う。それで少しでも業績があがれば……」

薫子さんは壁にかかったパネルを見る。

「あの紙、すばらしいでしょう？」

「はい」

「だけど、だれかが売らないと、商売は成り立たない。一成の仕事はそのためにも必要なの。記念館がなくなったら、それもむずかしくなる」

「でも、紙こもの市で売れてもたいした儲けには……」

「そうでもないのよ。会社にとっては、知名度ってけっこう大事だから。企業が資金提供して文化・芸術活動を支援することもあるでしょ？　うちの規模の会社じゃそこまでは無理だけど、紙こもの市で名前を広めるくらいはできるかな、って。いまは個人のＳＮＳの発信が大きいから。せっかく和紙の店だった歴史があるんだから、大事にしたいのよ」

薫子さんがじっとわたしを見る。

「でも、わたし、たいしたことは……」

「小さいことからでも、はじめれば進む。なにもやらなかったらゼロのままでしょう？　一成だけじゃ、どうにもならない。なにしろ、頑固で偏屈で引きこもりだから……」

薫子さんのその言葉に、朝子さんがまたくすっと笑った。

自分にできること。

自信はない。でも、薫子さんはわたしにできることがあると言ってくれた。大人の人にそんなことを言われたのははじめてだ。親や先生が褒めてくれるのは、わたしをまだ子どもだと思っているからだ。わたしを育てるためにそう言うのだ。

だけど薫子さんはちがう。ふじさきのために働いてほしい、と言ってくれた。大人として、期待された、ということだ。

「わかりました」

自分の声が少しふるえているのがわかった。

大学を出たらどこかで働かなくちゃならないのだ。これはその練習のためのいい機会だ。いや、こんな機会、望んで得られるものじゃない。ここでがんばれなかったら、この先どんな仕事についても受け身のままだ。歯車として生きることになる。

わたし自身のためにも、薫子さんの申し出を受けると決めた。

「よかった」

薫子さんがほっとした顔になる。

「そんな肩肘張らなくてもいいのよ。今回と同じ。自分が欲しい、自分が作りたい、と思えるものを作ってくれればいいの」

紙こもの市で買い物したときのわくわくする気持ち、組子障子のカードや貝の栞を作ったときの満足感。そして、藤崎さんの作った完成品を見たときの、悔しいけどかなわない、と思う気持ち。

あれを大切にすればいいのか。

「なにができるかわかりませんが、がんばってみます」

とにかく、やってみよう、と思った。

「まあ、頑固で偏屈で引きこもりの一成とうまくやるのは苦労すると思うけど……」

薫子さんがくすっと笑う。

朝子さんも笑い出し、つられてわたしもちょっと笑った。

第三話　いろいろ紙ノート

1

翠さんの店のオープニングセレモニーの翌週から、わたしは記念館でアルバイトすることになった。初日には朝子さんといっしょに薫子さんがやってきて、藤崎さんに採用の意図を説明した。

紙こもの市で販売する製品を増やしたい、記念館の来館者を増やしたい。そのために若い人の声を取り入れたい、と薫子さんは言った。

「商品企画も、来館者を増やす方法もふたりにまかせるから、がんばってね」

薫子さんがにっこり笑う。

そう言われても……。横から藤崎さんをちらっと見たが、全然納得していない様子だ。

「商品の企画はともかく、来館者を増やせって言われても……」

小声でぶつぶつ言っている。

「一成さん、よく人手が欲しい、っておっしゃってたじゃないですか。自分ひとりでは記念館の管理に手が足りない、って」

朝子さんもにっこり笑う。

「それはまあ、そうなんですけど……」

藤崎さんの返答は歯切れが悪い。

「いきなり商品企画だの記念館の改革だのって言われたら百花さんも困ると思うし、まずは記念館の展示物の勉強や手入れの練習からはじめたらいいじゃない？」

薫子さんはあっさり言った。藤崎さんが困ったような顔になる。

「じゃあ、百花さん、よろしくね」

薫子さんの微笑みになにも言えなくなり、わかりました、よろしくお願いします、と言って深く頭をさげた。

薫子さんたちが出て言くと、館長室は急にしんとした。藤崎さんはなにも言わず、自分の机に戻っていく。椅子に座るとすぐにパソコンを開き、作業をはじめた。

「あ、あの……。わたしはなにをしたら……」

あせって訊く。

「とりあえず、なにもしなくていい」

「え？」

「午後、客が来る」

「お客さま……」

「会社の記念式典の贈呈品の包装のことで相談に来る。千人近く集う大きな式典で、制約も多い。候補をいくつか見繕ったが、先方の意向に沿うようにもう少し詰めなければならないことがある」

藤崎さんはディスプレイをにらみながら言う。

「はい」

「祖母に言われたから君の指導についてもちゃんと考えるつもりだ。ただ、いまは時間がない。午前中いっぱい、放っておいてほしい」

「じゃあ、そのあいだはなにをすれば……」

「話しかけられると集中が途切れる。とりあえずそのあいだは記念館の掃除をしていてくれないか？」

「はい、わかりました」

「掃除用具は隣の部屋だ。ガラスのショーケースは水拭(みずぶ)きのあとマイクロファイバーのクロスでから拭き。取れない汚れには専用のクリーナーを使う。木の棚は埃(ほこり)をはらってドライシートでから拭き。部屋の真ん中の展示品は繊細なものも多いので、ハタキで軽く埃をはらうだけでよし。床のカーペットは清掃会社が定期的に掃除機をかけてくれているから、『コロコロ』で汚れを取る程度でいい」

コロコロ……。粘着テープを転がして埃を取るやつか。藤崎さんの顔でコロコロと言われると、妙にかわいくておかしかった。

「とにかく、できるだけ話しかけないでくれ。昼も勝手に取っていい。昼休みは一時間だが、別に少しくらい長くなってもかまわない」

要するに、わたしはあまり、いや、全然必要とされていない、とにかく邪魔をするな、ということみたいだ。

「わかりました。お客さまがいらっしゃるのは何時ですか？」

「一時半だ。なぜ？」

「いえ、その時間にはここに戻ってお茶を淹れないと」

「別にお茶汲みとして雇ったわけじゃないから気にするな。それにお茶くらい僕も淹れられる」

たしかに叔母と来たときも藤崎さんがお茶淹れてくれたっけ。

「では、その時間より前にお昼をなにか買ってきましょうか」

「必要ない。食べてる暇がない」

けんもほろろである。しばらく立ち尽くしていたが、藤崎さんはパソコンに向かったきりで、こっちを見ようともしない。まあ、言われた通り掃除でもしよう。館長室を出る。記念館はがらんとして、今日も来館者の姿はない。

薫子さんから、藤崎さんの引きこもりをなんとかするよう言われたけれど、一筋縄ではいかないな。だいたいわたしもそれほど社交的じゃないし。こんなんでうまくいくんだろうか。初日だというのに、早くも不安でいっぱいになる。

館長室の隣、つまり記念館のいちばん奥に近い扉を開ける。倉庫のような場所で、雑多なものがごちゃごちゃと詰めこまれている。

掃除用具ってどこなんだろ。見まわすと、奥の方にコロコロの柄らしきものが見えた。ふわふわした埃取りもある。だがその前には段ボール箱やわけのわからない機械が積まれていて、近づけない。

仕方なく、余計な荷物の整理をしながら掃除用具に近づいていく。段ボール箱に古いパソコン、暖房器具。使い道のわからない道具もろもろ。本、雑誌、紐で束ねられた資料。

これ、ほんとに全部必要なのかな。それにこの状態じゃ、掃除用具もしばらく使ってないな。結局清掃会社の人が掃除しているだけなんじゃ……。記念館の空気がなんとなく煤けたように感じられるのはそのせいかもしれない。

ようやく掃除用具の置かれた棚に近づいたとき、棚の前に大きなステンレスの板のようなものが立っているのに気づいた。銀色のどっしりした立て看板で、「紙屋ふじさき記念館」という文字が彫られている。

そういえば叔母といっしょに来たとき、以前は玄関のところに立て看板を置いていた、と藤崎さんが言ってた。毎朝出して、夕方回収しなくちゃならないから面倒だ、って……。なかなか立派な看板だ。

下の方に休館日や開館時間、「当ビル四階」などという情報も記されていて、この看板が出ていればここに記念館があることはわかる。見かけてはいってくるお客さんもいるかもしれない。なんで出さないんだろう。

──それが決まってから、一成も意欲がなくなってしまった。なにをやっても無駄だと思ってる。

薫子さんの言葉を思い出し、そういうことか、とため息をついた。

とりあえず目的のコロコロと埃取りを取り出し、ガラス清掃用の道具一式を引っ張り出す。雑多な荷物と格闘していたせいで、倉庫のなかで三十分近く時間が経っていた。

まずはショーケースのガラス拭きだ。言われた通り水拭きのあとから拭き。遠目にはわからないが、曇りや手の跡もけっこう残っている。高いところは手が届かないので、倉庫から脚立を出してきた。

それから木の棚。けっこう埃がたまっていて、ドライシートだけではきれいにならない。さっきの掃除用具入れに雑巾(ぞうきん)があったのを思い出し、もう一度倉庫に戻った。

雑巾を取り出し、倉庫の隅にある水道で洗い、絞る。棚に積もった埃を拭き取る。雑巾はすぐに真っ黒になるので、倉庫の水道と棚を何度も行ったり来たりした。

すべての棚を拭き終わったときはもうお昼近かった。苦労したわりには見た目はあまり変わらない。なんというか、設備全体が古びてしまっているのだ。埃は取れても、棚の枠が錆(さ)びていたり、壁紙が剝(は)がれかかっているところまではどうにもならない。

午前中いっぱい掃除していたのに、そのあいだの来館者はゼロ。無料の設備だからたくさん来たから儲かるというわけじゃないが、さすがにこれでは存在意義が問われるだろう。

やっぱり、下に看板が出てないのがまずいんじゃないだろうか。いまはエレベーター脇に記念館の名前が小さく書かれているだけ。はじめて来た人はまず気づかない。気づいても営業していると思わないかもしれないし、警戒してまずあがってこない。

さっき見つけた看板を見ると、こちらもかなり埃をかぶっている。髙島屋のすぐ裏で、大通りに面してはいないけれど、立地はそんなに悪くないんだ。看板をちゃんと出しておけば、お客さんももう少し来るんじゃないか。

とりあえず、きれいにしておこう。まわりを片づけ、看板の埃を拭き取った。

気がつくと、十二時半になろうとしていた。お客さまが見える前に帰って来ないといけないし、そろそろお昼に行こう。藤崎さんは不要と言っていたけれど、バイトなんだしお茶くらい淹れないと。

掃除用具を片づけ、館長室に戻る。藤崎さんはパソコンに向かったままでなにも言わない。午前中は声をかけるな、と言われていたから、そうっと自分の荷物を取り、お昼に行って来ます、と小声でだれにともなくつぶやき、外に出た。

高そうな店ばかりで、どこにはいればいいのかわからず、結局通りの向こうにチェーンのファミレスを見つけ、そこにはいった。ふつうなら同僚や先輩に店を教えてもらったりするんだろうが、記念館には藤崎さんしかいない。

あの人、食事とかするのかなあ。これからはお弁当持って来た方がいいのかもしれない。と言って、お弁当をどこで食べればいいのかもわからないが。

ランチセットを食べながら、ぼんやりため息をつく。そもそも、わたし、あの記念館でなにすればいいんだろう。藤崎さん、ちゃんと考えてくれる、って言ってたけど、大丈夫なんだろうか。

麻の葉のカードのときも、貝殻の小箱のときも、藤崎さんが紙にくわしくて、人並み外れた手腕を持っているのは感じられた。叔母だってその手腕を買っているからお店の紙関係のことはすべて藤崎さんにまかせている。

だけど新人教育ができるのかはまた話が別だ。なんとなく浮世離れしたところがあるし、どう接したらいいのかよくわからない。

でも、記念館は……。今日掃除をしながら、展示物をじっくりながめた。ディスプレイはぱっとしないが、よく見ると解説は詳細で、展示物だって充実している。薫子さんは、記念館を残せるかわからない、と言っていたが、ちょっと惜しい気がした。

一時すぎ、昼食を終えて記念館に戻った。お客さまの姿はまだない。藤崎さんはわたしが部屋を出たときと同じ姿勢のまま、パソコンとにらめっこしている。

どんな仕事をしてるんだろう。贈呈品の包装って言ってたっけ。この前の翠さんの店のオープニングセレモニーのときも、貝殻の小箱だけじゃなくて、それを包む紙も藤崎さんが手配してた。薄く透ける真っ白な和紙で、とてもきれいだった。

贈り物は中身も大切だけど、包装も大事だよなあ。開けてびっくりするような工夫のある箱もある。きれいなお菓子の箱は、中身を食べ終わっても捨てられない。年月が経っても、箱を見るたびに受け取ったときのことを思い出したりする。

母と叔母の郷里である飯田の水引もすごかった。結納品の飾りを見たときはびっくりした。豪華な松竹梅に鶴、亀、鳳凰。そのまま飾っておけるような見事な細工だ。

贈呈品は包装された状態から勝負がはじまっている。包みを開けたら終わりだけれど、贈り物を演出する大事な道具だ。中身がどんなものでも包装は必要だし、紙は飾りとしても優秀な素材なんだな、と思った。

そのとき、ノックの音がした。扉が開き、お客さまが三人はいってきた。年配で貫禄のある男性と、それより下、たぶん母や叔母と同じくらいの男性がひとり、若い女性がひとり。

どうしたらいいかわからず、ただお辞儀をする。年配の男性は慣れた感じでソファに座り、あとのふたりはうしろに立っている。

「お越しいただき、ありがとうございます」

藤崎さんが立ちあがり、ソファの方にやってきた。

「久しぶり。大奥さまはお元気ですか」

年配の男性が藤崎さんに訊く。たぶん薫子さんのことなんだろう。

「はい、おかげさまで。相変わらず元気です。どうぞ、おかけください」

藤崎さんに言われ、部下のふたりが名刺を取り出す。藤崎さんと名刺を交換すると、年配の男性のとなりにおずおずと腰をおろした。

うわあ、ビジネスって感じだなあ。見ているとなんだかどきどきした。会社員ってこういうものなのか。うちは亡くなった父も勤め人じゃなかったし、母も編集者でダークスーツを着ることはあまりない。

そもそもまだ学生だから、商談なんてテレビドラマでしか見たことがない。

「いまお茶を……」

ぼうっと見ていると、藤崎さんが立ちあがった。

「あ、すみません、わたしが淹れます」

はっとしてとっさにそう言った。藤崎さんはちらっとこっちを見て、一瞬大丈夫なのか、という顔になったが、ああ、じゃあ、よろしく、と言って腰をおろした。

大丈夫。お茶くらいわたしだって淹れられる。館長室の横についた給湯室にはいった。ここにはいったのはもちろんはじめてだ。どこになにがあるのかもよくわからない。一瞬頭が真っ白になる。

大丈夫、できる。水道、あった。となりには電気ケトル。たぶんあれでお湯を沸かすんだろう。ケトルに水を注ぎこみ、スイッチを入れる。

次は急須と茶碗と茶葉だ。流しの横の食器棚の扉をあける。急須と湯呑み、茶筒のセットがのったお盆を発見した。

ああ、この湯呑み、叔母と来たときにいつも出てきたやつ。ってことは、湯呑みはこれでまちがいないな。茶筒を開くと緑色の茶葉がはいっている。緑茶、だよね。いい匂いがする。お客さまに出すのはこれでいいはず。

緑茶だからちょっと冷ましてから淹れなくちゃいけないんだっけ。この前、翠さんに聞いたことを思い出した。

考えたら、緑茶なんてほとんど淹れたことない。母はあまり緑茶を飲まない。紅茶やコーヒーがほとんど。叔母はよく日本茶を飲むけど、叔母の家では叔母が淹れてしまうから、手を出したことがない。

ティーバッグの適当なお茶ならただお湯を注げばいいんだろうけど。お湯が沸きはじめる音がする。どうしよう、冷ますってどうしたら……。

そのときお盆の上に湯呑みより少し大きな片口の器があるのに気づいた。

これは湯冷まし……。叔母の店でよく見かける。日本茶を淹れるときはこれでいったんお湯を冷ますんだよ、と叔母から聞いた覚えがあった。なるほど、まずこれにお湯を注げばいいんだな。

ケトルがカチッと音を立てて止まる。お湯を湯冷ましに注ぐ。そのあいだに茶筒を開け、茶葉を急須に入れた。

紅茶みたいに湯呑みもあったためた方がいいのかな？　湯冷ましに入れたお湯を四個の湯呑みに入れるとちょっと足りない。お湯をもう少し湯冷ましに足す。少しおいてから湯呑みと湯冷ましのお湯を急須に入れた。

翠さんは、茶葉によってちがうけど、一分くらいって言ってたような……。スマホで時間をはかり、湯呑みにお茶を注ぐ。ふわあっといい匂いが漂った。ちゃんとお茶らしい色だし、これで大丈夫。お盆に湯呑みと茶托をのせ、館長室に出る。

高校のとき習ったよな、こういうときはまずお客さんからお茶を出すんだっけ。たぶんあの年配の人がいちばん偉い人。それから年の順に出して、最後に藤崎さんに出せばいいはず。

うわ、緊張するな、これ。少しふるえる手で湯呑みを茶托にのせ、偉い人の前に置く。みんな藤崎さんの話を熱心に聞いている。よかった、これならあまり目立たない。ほかのふたりと藤崎さんの前にお茶を置いて、軽くお辞儀した。

「お、なかなかうまいね」

給湯室にはいろうとしたとき、偉い人の声が聞こえた。

「八女ですか」

八女。そういえば翠さんのお店のオープニングで配られた茶葉は八女と宇治だった。

「え、ええ。そうですが……」

藤崎さんが不思議そうな顔で答える。

「なかなかおいしい」

「知人の店のものなんです。もともと茶葉の販売店だったのが、カフェを併設してリニューアルしたんですよ」

なるほど。この葉っぱはあのときのものだったのか。

「場所は？　このあたりですか」

「人形町に近い方ですね。よろしければあとでショップカードをお渡ししますよ。うちで作ったものです」

藤崎さんが言った。あの偉い人、日本茶にずいぶんくわしいんだな。なんとかなってよかった。ほっと胸をなでおろす。

給湯室にはいって聞いていると、あの偉い人はどうやら社長さんらしい。今回の依頼は創業六十周年のセレモニーで配る記念品の包装。富山に本社がある強化ガラスの製造元で、記念品は会社の製品である和紙を挟んだ合わせガラスを使った写真立て。

藤崎さんは、立山連峰（たてやまれんぽう）の雪の白と、海の青のツートーンの箱を提案した。材料の和紙は同じ富山県の五箇山産のもの。最近ポップな色の和紙を作って話題になっているらしい。

さっきまで藤崎さんが悩んでいたのは箱の形と青の色味だったようだ。ここからでは見えないけれど、プランを見ながら相談する声が聞こえてきた。どんな箱なのか気になって仕方がないが、出て行くわけにもいかない。

お客さまがいるあいだ、記念館の掃除を再開するわけにもいかないしなあ。なにもしなくていい、って言われてるし、とりあえずここで本でも読むか。給湯室に持ちこんでいたカバンを開き、本を出す。丸椅子に座ってページをめくった。

はっきり内容は聞き取れないが、話が白熱しているのはわかる。やっぱり藤崎さんは有能なんだな。紙に関する知識がすごいし、作るものの完成度も並みじゃない。

あの社長さんや叔母みたいに、藤崎さんの能力を頼りにしてやってくるお客さんがたくさんいるんだろう。それだけで立派な商売になる気もするが、広めなければ先細りになってしまう、ということなんだろう。

結局三案にまとまり、試作品を作ってみることが決まったようで、お客さまが帰っていく気配がした。そうっと館長室に出る。藤崎さんはまたしてもパソコンに向かっていた。テーブルに残った湯呑みを片づける。

「ああ、お茶、ありがとう」

藤崎さんはパソコンを見つめたままそう言った。またしても「話しかけないでくれオーラ」が漂っている。

「あの、このあとはどうしたら……」

おそるおそる訊いた。

「え？　なに？」

藤崎さんがちらっとこっちを見た。

「このあとはどうしたらいいんでしょうか」

もう一度訊くと、藤崎さんはなんのことだっけ、という顔になった。

「あ、ああ……。そうだな。掃除は？　終わったの？」

「いえ……」

ショーケースのガラスや木の棚の拭き掃除は終わったけれど、部屋の真ん中に展示されている紙漉きの道具はまだ全然だ。それに、なにしろ長年の埃があちこちに溜まっているから、やることはいくらでもありそうだった。

「じゃあ、とりあえずそれを続けて。僕はまだちょっと手が離せないから」

上の空でそう言うと、またディスプレイを見はじめた。

中央の展示物を掃除しながら見ていると、説明書きのプレートにも傷みが目立つ。内容も……。正しいのかもしれないが、叔母も言っていた通り、図やイラストがないのでわかりにくい。

とはいえ、藤崎さん自身はこの説明でじゅうぶんわかりやすいと思ってるみたいだし、作り直す気はなさそうだ。

結局、最初の土日は掃除だけで終わってしまった。

わたしはいったいここでなにをすればいいのだろう。

2

月曜日、四限が終わって小冊子研究会の部室に行った。森沢先輩と莉子が話すのを一年たちがうなずきながら聞いている。どうやら日本橋の話みたいだ。先輩も莉子も、記念館に行く前に日本橋の街を歩いたあと興味が出て、いろいろ調べたらしい。

「あ、百花」

莉子がわたしに気づいて話しかけてくる。

「記念館のバイト、はじまったんでしょ？　どうだった？」

莉子と森沢先輩には、記念館でバイトすることになったことを話していた。

「うーん。土日とも行ったんだけど、掃除しかしてない」

「そうなの？」

「なんていうか、藤崎さん、忙しそうで……」

「忙しいからバイトを雇ったんじゃないんですか」

一年の石井さんが不思議そうな顔をした。

「忙しすぎて指示出しもできないみたいで……。それに記念館の方はお客さん、ほとんど来ないし」

どう言ったらいいかわからず、困った。

「まあ、あの状態じゃなあ。立地はそんなに悪くないと思うんだけど……」

森沢先輩がつぶやく。莉子にも森沢先輩にも、あの建物が近く取り壊されるらしいというところまでは話していない。

「人来ないのに、なんで忙しいんですか、その藤崎さんっていう人」

乾くんが訊(き)いてくる。

「藤崎さん自身は忙しいんだよ。和紙のコーディネイトみたいな仕事をしてて……。商品の箱とか包装紙とか、いろんな企業やお店から特注品の相談を受けて、仕様を企画して和紙の製造元に発注する、みたいな」

「ああ、なるほど。コンサルタントみたいなものですね」

乾くんがうなずいた。

「記念館の方は収蔵品はいろいろあるのに、藤崎さんのほかにはスタッフいないし、あんまり手を入れられてない、っていうか」

「そういうことなんですか。なんだかもったいないですね」

松下さんが言った。

「よくわからないけど、鋭そうな人だったよね。まだ若いのに館長なんでしょ？」

森沢先輩が言った。

「まあ、それはそうなんだけど……」

言葉を濁した。もろもろ事情があってのことだし、会社や一族の事情をここで喋(しゃべ)っていいとも思えない。

「けっこうイケメンだったよねえ」

莉子がつぶやく。

イケメン……。まあ、顔だけ見ればそう言えないこともない。実態は引きこもりの紙オタクなんだが……。

「若くて、館長で、イケメン！」

石井さんが目をかがやかせる。かわいい一年生の夢を壊すのはやめよう。

「じゃあさ、今度みんなで行こうか」

莉子の言葉にぎょっとする。

「え、うそ？」

「実はさ、いま日本橋ツアーの企画、立ててたんだよね。見どころ満載だし、小冊子のネタにもなりそうだし」

莉子が意気揚々と机の上の雑誌を指す。

「まず気になったのが髙島屋と三越のガイドツアー。髙島屋も三越も建物が重要文化財指定を受けてるんだよね。建物の歴史をガイドさんが説明してくれるらしいよ。髙島屋は第二金曜で、三越は無料のツアーは第二土曜だって」

「え、でも、金曜は授業あるし、土曜は記念館のバイトが……」

「うん。でも実は、来週の第二金曜ってキリスト教講演会で休講日なんだよ」

うちの大学はキリスト教系で、年に何度か宗教関係の休講日がある。

「あ、そうか」

「それで、いまみんなの都合を聞いてみたんだけど、ここにいるメンバーは全員その日は大丈夫。百花は？」

「わたしもてっきり授業があるつもりでいたから、なにも入れてないよ」

「土曜は森沢先輩もわたしも石井さんもバイトのシフト組まれちゃってるから、行くとしたら来週の金曜しかない」

「西園先輩は？」

「最近見かけませんね」

「ああ、西園はいま教育実習。だから今回は無理だな」

森沢先輩が言った。

「じゃあ、六人だね。先着順みたいだし、いま申し込んどこう」

莉子がスマホを取り出し、雑誌に書かれた番号に電話した。

ツアーは午前、午後の二回あり、午前はもういっぱいらしい。午後はなんとか六名まではあるみたいだが、もうそれで枠は埋まると言われた。

「よかった、ぎりぎりだった」

電話を切った莉子がみんなの方を向く。

「じゃあ、髙島屋見学は決まりだな。あとはどうする？　やっぱ、貨幣博物館は行きたいよな。あと、三井住友信託銀行とか三越の建物も見たい」

「この東京市道路元標っていうのも気になりますね」

乾くんが雑誌を指す。

「スイーツの店も行きたいですよね。日本橋だから、和菓子かな」

「和菓子、いいですね」

石井さんも松下さんも目をきらきらさせている。せっかく行くのだから、まずはそれぞれが下調べして行きたい場所の希望を出し、行程を決めよう、ということになった。


土曜日、記念館に行くと、館長室の入口に近い位置にあった机が整理されていて、藤崎さんに、これからはそこが君の席だと言われた。自分の机があることにちょっと感激しつつ荷物を置くと、藤崎さんが段ボール箱を持ってきた。

今日はこれを整理してくれ、と言われて中をのぞく。山のような名刺がはいっていた。その名刺を一枚ずつ名刺管理ソフトで読み取るらしい。読み取りデータをチェックして、まちがいがあれば手入力で修正しなければならないので、一日がかりになった。

翌日は納品書や請求書、領収書の整理。これもまたすべてがいっしょくたに段ボール箱に詰められている。それを仕分けし、エクセルに入力していく。エクセルは大学で習ったけれど、実際に使うのははじめてで緊張した。

そのあいだ、藤崎さんはずっと自分の仕事にかかりきりで、話す余裕もなし。ふたりとも無言で仕事をこなすだけ。薫子さんによると八月末にもまた紙こもの市があるらしい。新商品作り、がんばってね、と言われていたのだが……。

藤崎さん、やる気あるんだろうか。イベントは八月末だが、製作にかかる日数を考えると、そろそろ企画しないと間に合わない。

それに宣伝もしたい。莉子に、SNSは頻繁に更新しないとすぐに忘れられちゃう、サイトもちゃんと整えた方がいい、と言われていたのを思い出した。

——SNSに画像あげてバズって……みたいなのは最初だけだよね。最近じゃ、バズるだけで売り上げに結びつかない、なんてことも増えてるらしいし。みんな刺激に慣れちゃって、どんどん忘れてくから。

話題が流れる速さについていけない。いつもそう思っていたから、莉子の話は納得できる気がした。

——SNSは地に足がついてないからね。流れてく話題にはいいけど、じっくり掘り下げたりするのには向かないし。

——じゃあ、どうしたらいいの？

——あのとき少し書いた和紙にまつわる豆知識みたいなのは好評だったよね。ああいうのは読み返す価値もあると思うし、とりあえずサイトを作った方がいいんじゃない？

SNSがダメってわけじゃなくて、使い分け、っていうか。

サイト……。またハードルがあがった。SNSの更新にすら手間取っているというのに。だいたいサイトなんてどうやって作ればいいんだ？

――いまはサイトを簡単に作れるアプリがあるからね。作るってことになったら協力するよ。

莉子にはそう言われていたけれど、忙しそうな藤崎さんに話を持ちかけることもできず、結局週末は終わってしまった。

日本橋ツアーについてはずいぶんといろいろ案が出て、莉子が四苦八苦して行程を決めた。石井さんと松下さんは人形町にも行きたかったみたいだが、今回はそこまではまわりきれないということでカット、日本橋駅から三越前駅近辺だけにしぼった。

まずは三越前に集合し、日本銀行本店にある貨幣博物館へ。三井本館や三越の建物を見たあと、向かいのコレド室町と広場にある福徳神社を見て、良さそうな店で昼食。

地方自治体のアンテナショップをのぞきながら、和菓子の鶴屋吉信へ。席が空いていたら茶房・菓遊茶屋で生菓子作りの実演を見て和菓子とお茶をいただく。

東京市道路元標を見て日本橋を渡り、はいばらを見てから高島屋へ。高島屋ツアーのあとはふじさき記念館見学、もと三菱倉庫だった日本橋ダイヤビルディングを見て、裏通りを散策し解散。

昼食の店についてはいろいろ候補が出てまとまらず、あとは行ってみてその場で決めよう、ということになった。

3

金曜日。朝十時に三越前に集合。予定通り貨幣博物館へ。日本銀行の施設だからだろうか、入口の警備がやたら厳重で、大きな荷物はロッカーに預けなければならない。古代、中世、近世、現代、それぞれの貨幣の実物が展示されている。各種日本銀行券に大判小判もあるのだから、警備が厳重なのもうなずけた。

大判の重さや一億円の重さを体験できる展示もあって面白かった。とくに乾くんはむかしのお札に興味しんしんの様子で、スマホにあれこれメモを取っていた。

博物館のあとは三井本館へ。重厚な石造りで、ヨーロッパの建物みたいだ。

「おお、これはすごいな」

森沢先輩がうなる。

「これが財閥の富なんですかね」

乾くんが目を見張っている。

下調べしてきた乾くんによると、この本館は昭和四年竣工(しゅんこう)。明治三十五年竣工の旧三井本館が関東大震災で大きな被害を受けた。建物は無事だったが内部は焼失。建物を解体して新しく建て直すことになった。

三井合名会社理事長の團琢磨(だんたくま)が海外の建築技術を導入、アメリカの新古典主義的な様式が採用された。建物の三面にコリント式の列柱が連なる壮麗なデザインだ。鉄筋コンクリート造りで、外装はすべて花崗岩(かこうがん)。三井合名をはじめ直系の会社が入居していた。

だが世界恐慌の影響で財閥に世間の批判が集まり、昭和七年、理事長團琢磨が暗殺される。戦争中の金属類回収令で本館の金属部分は回収され、占領中はGHQによってビルの一部が接収された。占領終了後はオフィスビルとして復活、平成になって国の重要文化財に指定されたのだそうだ。

「まさに歴史的建造物だな」

森沢先輩が言った。

外から写真を撮ったあと、なかにもはいってみる。びっくりするほど高い天井に大きな石の柱。装飾も豪華だ。

驚いたことに、歴史的建造物であるにもかかわらず、三井住友信託銀行、三井住友銀行というふたつの銀行がはいっていて、いまも銀行として営業しているのだった。窓口やATMもあり、みんなふつうに使っている。

それから三越の建物を外から見て、向かい側の福徳神社へ。

平安時代からある由緒正しい神社で、芽吹稲荷(めぶきいなり)とも呼ばれている。江戸時代、富くじを販売していた歴史があり、いまも宝くじのパワースポットらしい。

乾くんによれば、戦後の都市化で敷地が縮小され、ビルの屋上に社が置かれ、存在が忘れられていた時期もあったらしい。平成二十六年の日本橋再開発計画でいまの形に再興し、いまはこのエリアのシンボル的存在となっているのだそうだ。

　コレド室町などの大きなビルに囲まれているが、ビルに圧迫されている感じはない。神社のまわりは小さな森のようになっていて、神社を守ってビルが建っているようにも見えた。

　説明の看板によると、江戸時代、このあたりは「室町うき世小路」と呼ばれていたのだそうだ。「うきよしょうじ」という読みは加賀言葉で、加賀出身の人が多く住んでいたことに由来している。水路から堀が引かれ、福徳神社が堀留になっていた。

　かつては「百川楼」という有名な料理屋があり、落語「百川」の舞台になった、とも書かれていた。ペリー来日の際には「百川楼」の料理人が横浜まで出向き、使節団をもてなす料理を作ったのだそうだ。

　コレド室町のなかの「にんべん日本橋本店」や刃物の「日本橋木屋」をながめてから、稲庭うどんのお店で昼食。みんなこれまでに撮りまくった写真を見せ合っている。

「財閥ってやっぱりすごいものなんだなあ」

　森沢先輩が言うと、乾くんが、ですね、とうなずいた。

「江戸時代から都市だったんですよね。池袋や新宿はそのころはまだ田舎だったんだろうから、やっぱり歴史の厚みがちがいますね」

　莉子もつぶやく。

「乾くん、ずいぶんいろいろ調べてたよね。なんで歴史にそんなにくわしいの？」

石井さんが乾くんに訊いた。

「ああ、木谷先生の授業を取ってるから」

「木谷先生って、近代文学の？」

松下さんが訊くと、乾くんがうなずいた。

木谷先生は日文の先生で、近代の小説の舞台になった町について、古い地図と現在の地図を比較しながら記述を検証するというちょっと変わった授業をしている。長期休みには実際にその町を歩く集中講義もあり、莉子もわたしも受講したことがあった。

「面白い？　わたしもちょっと興味あるんだけど」

松下さんが言った。

「面白いよ。ゼミも取りたいなあ、って思ってる」

「木谷先生の授業、いいよね。俺、専門ゼミ、木谷先生のとこも考えたんだよ。結局立花ゼミにしたけど……」

森沢先輩が言った。立花先生はメディア論が専門で、ゼミでは雑誌作りについて学ぶことができる。

「立花ゼミ、三年で雑誌を共同制作するんですよね？　ちょっと興味あります」

石井さんが言った。

「小冊子研究会のメンバーは立花ゼミに行く人、けっこういるよね」

「わたしも考えてるんですけど、倍率高いんですよね？」

莉子が訊いた。

「年によるかな。二倍近くなるときもあるけど。立花先生は外部の先生だから、そもそも募集人数が少ないんだよ」

「木谷ゼミはどうなんですか？　たしか西園先輩が木谷ゼミでしたよね」

乾くんが言った。

「木谷ゼミも人気ある。専任だから枠も大きいし、そんなに落ちないみたいだよ」

「そうですか。ならやっぱ木谷ゼミかな。地図見るのがけっこう好きで……。この前、ちょっと日本橋の話が出たんですよ。それで来る前にネットで日本橋の古地図をいろいろ調べて……」

「ああ、そうだったんだ」

石井さんがなるほど、という顔になった。

「このあたりって、江戸時代は水の都だったみたいですよ。ほら、むかしは大きな荷物は舟で運んだでしょう？　このあたりにも水路が張りめぐらされてて……」

「水の都ってベニスみたいな？」

「そう。日本橋川はいまもあるけど、むかしはほかにも水路がたくさんあったみたいで、そこからさらに堀が伸びてた。さっき福徳神社が堀留になってた、って話があったけど、そういう堀がいくつもあって、そこを通って荷物が運ばれてたんだと思う」

乾くんが説明する。

「そういえば紙屋ふじさきも老舗なんだよね？」

莉子がわたしに訊いてくる。

「うん。いまは藤崎産業っていう大きな会社になって、本社も別のとこに移動したみたいだけど、江戸時代からこのあたりで紙屋をやってたらしいよ」

わたしは答えた。

「日本じゃ紙は生活必需品だったからね。障子とか襖みたいな建具も紙製だし。町には紙屋がつきものだったんじゃないかな」

森沢先輩が言った。

「紙こもの市で見た和紙、面白かったですね。あんなにいろいろな種類があるなんて知らなかったし、質感も素晴らしくて」

松下さんが言った。

「そうそう。白い紙にもいろいろな白があって、いろいろな質感があって、もっとゆっくり見てみたかったんですよ。記念館にはたくさん紙が置かれてるんですよね。楽しみです」

石井さんの笑顔に胸が痛む。石井さんと松下さんが行きたがっているのでコースに入れたのだが、いまの記念館を見ても期待はずれと思われるだろう。莉子も森沢先輩も微妙な表情をしていた。

食事を終えたあと、時間がおしていたので、石井さん、松下さん、莉子とわたしは和菓子の鶴屋吉信へ。森沢先輩と乾くんは地方自治体のアンテナショップをまわってくることになった。

鶴屋吉信の茶房・菓遊茶屋では、実際に職人さんが目の前で作ってくれた和菓子を食べることができる。だが席が少なく、見るとふたり分しか空席がない。和菓子作り実演をいちばん見たがっていた石井さんと松下さんにゆずり、あんみつを食べたかった莉子とわたしはお休み処の方にはいることにした。

三十分後に合流。実演の生菓子は素晴らしく美味しかったらしく、石井さんも松下さんも満足そうな表情だった。

外に出て森沢先輩たちと合流し、日本橋の近くの東京市道路元標と日本国道路元標を見た。一号、四号、六号、十四号、十五号、十七号、二十号という主要な国道の起点を示している。ここが日本の主要交通の起点ということらしい。

欄干のうえの獅子や翼のある麒麟の像をながめながら日本橋を渡る。高島屋に着いたのはガイドツアーの集合時間ぎりぎりで、すでに多くの人が集まって来ていた。年配の人が多く、わたしたちのような大学生は見当たらない。

時間になり、ツアー開始。ガイドのおじさんが自前のファイルを使って館内のあれこれを説明して行く。

日本橋髙島屋は昭和八年オープン。地下二階、地上八階の鉄筋コンクリート造り。和洋折衷のデザインを旨とし、一階ホールの柱は大理石張り、天井には豪華なシャンデリアが三つ吊るされていた。百貨店としては日本初の全館冷暖房装置を備えて、「東京で暑いところ、髙島屋を出たところ」というコピーが一世を風靡したらしい。

戦争中には金属類を供出しなければならなくなり、扉飾りやブロンズ製の手すり、屋外の化粧金物、シャンデリアやエレベーターの一部、冷暖房装置まで回収されてしまったらしい。商品も供出され、食料が配給制になったために売るものもなくなった。

正面玄関には蛇腹の防火扉があり、空襲の際に近隣の住民をなかにかくまい、防火扉を閉めて火を防いだこともあったのだそうだ。

戦後、増築が重ねられていまの姿になった。第二期以降は一期とは別の建築家の設計で、デザインも異なる。だが以前建てられた部分とうまく融合させ、統一感のある形になっている。

そんな話をしながら創業時からの手動式エレベーターに乗り、屋上に出た。

「百貨店というのは、市民の行楽の場でもあったわけですね。どの百貨店も集客のためにいろいろな工夫を凝らしていたんですが、この髙島屋の屋上には、いまから考えると信じられないようなものが登場しました。なんだと思いますか」

ガイドのおじさんが集まった人たちの顔を見る。みんなわからないという表情だ。

信じられないようなもの？　なんだろう。デパートの上に遊園地みたいなものがあるのは見たことがある。それくらいじゃみんな驚かないだろう。

「それは、象なんです」

ガイドさんが言った。象？　みんなと顔を見合わせる。

デパートの上の象……。なぜかその話をどこかで聞いたことがある気がした。

「タイから子象がやって来て、一時期ここで飼われていたんです。象の名前は『髙子ちゃん』。銀座をパレードしながら日本橋までやってきて、大勢の人がその様子を見物したそうです。では、この象、どうやって屋上まで連れて来たと思いますか？」

おじさんがまた客の顔を見る。みんなわからない、という表情で、連れと顔を見合わせている。

「クレーン」

なぜかそんな言葉が口からこぼれ落ちた。

「あ、いまクレーン、って言った方がいますよね？」

おじさんの言葉に、莉子たちがわたしの顔を見る。

「お嬢さん、よくわかりましたね」

おじさんがにっこり笑った。

「そう、クレーンなんです。デパートの屋上から金属製のカゴをさげて、そこに子象を乗せて屋上まで引っ張りあげたんですね」

嘘でしょ、という声があちこちから聞こえてくる。

おじさんはファイルを開き、古い新聞記事を出した。カゴで屋上にのぼっていく子象の写真が載っていた。

　そのとき思い出した。聞いたんじゃない、読んだんだ。父が書いた小説のなかで。父の短編集のなかにデパートの上の象と出会う話があった。

「髙子ちゃんがクレーンでのぼる日には見物客が大勢集まって、公開初日には、ここに十七万人の人が押し寄せたんですね。当時、象さんはすごい人気だったのです」

父の小説のなかにもクレーンに吊られて屋上までのぼった、という記述があった。嘘のような話で、てっきり作り話だと思っていたが、実話だったのか。

「髙子ちゃんは子どもを背中に乗せて歩いたり、旗を振ったりラッパを吹く芸も覚えて、ものすごい人気者になりました。髙子ちゃんを見たい、と遠くからやってくる親子連れも増えました。でも、やがて身体が大きくなりすぎて、食費もかかるし建物も危ない、ということで、四年後に上野動物園に引き取られることになったんです」

　ここに象が住んでた。信じられない気持ちであたりを見まわす。髙子ちゃんはその後、開園したばかりの多摩動物園に移動し、四十一歳まで生きたらしい。

「髙子ちゃんがここに住んでいた名残はいまも残っていまして、あちらにある小さな建物、エレベーター室なんですが、屋根の形がカーブしてますよね。あれが象の形なんだそうです。そして、大きくなった髙子ちゃんは、今度はクレーンでおろすことはできず、館内の階段を自分で降りていったんですね。それがこちらの階段になります」

ガイドさんについていくと、中央階段に出た。幅が広く重厚な造りで、ここなら象が折り返せるということで選ばれたのだそうだった。

終了後、ツアー参加者に配られるバッジを受け取った。

「いやあ、あの象の話は衝撃だったね」

森沢先輩がつぶやく。

「ほんとですね。デパートの上に象……。いまだったらいろんな意味でありえないけど、すごい発想です」

石井さんが言った。

「それにしても、百花、どうしてクレーンだってわかったの?」

莉子が訊いてくる。

「あ、うーん……。なんか、むかしなにかで読んだ気がして……」

言葉を濁す。父が作家だったこと、まだだれにも話したことがなかった。別に隠すつもりはないが、取り立てて言うほどのことでもない気がしていた。

「そうなんだ」

莉子も納得したのか、それ以上深入りはしてこなかった。

「ネットで見たら、松坂屋の上にはライオンがいたみたいですよ。戦前ですけど」

乾くんがスマホを見ながら言う。

「ライオンか。それもすごいな」

「なんでもありだったんですね」

大きさとしては象に劣るけど、逃げたらどうするんだろう、と思う。

「でも、それだけ百貨店が市民の行楽地だった、ってことですよね。いまだとショッピングモールみたいな感じでしょうか」

松下さんが言った。

「象やライオンはいないけど、池袋のサンシャインシティにも水族館やプラネタリウムがあるよね」

そんな話をしながらエスカレーターで下に降り、髙島屋の外に出た。

前に森沢先輩や莉子といっしょに行ったはいばらをのぞく。石井さんも松下さんもきれいな和紙の小物を見てテンションがあがっている。

ああ、このあと記念館に行くのか……。はいばらのおしゃれなディスプレイを見ていると、なんだか滅入ってきた。掃除はしたけど、それくらいじゃどうにもならない。

松下さんは一筆箋(いっぴっせん)、石井さんは「ちいさい蛇腹便箋」を買って店を出る。ふたりとも記念館の和紙を見るのを楽しみにしているみたいで、足取りが重くなる。

ところが……。ビルのエレベーターの横に「ふじさき記念館　臨時休館」と書かれた紙が貼られていた。

「臨時休館？　え、そうなの？」

莉子がこっちを見る。

「あ、ごめん。わたしも知らなかった」

思わず謝る。土日しかバイトしていないから、金曜のことまで知らせる必要がないと思われたのだろう。

「残念」

「まあ、休館じゃしょうがないね」

森沢先輩がそう言って、外に出た。石井さんたちには申し訳ないが、なんとなくほっとしていた。

そのまま裏道を散策、たいめいけんまで歩く。上に凧（たこ）の博物館がある有名な洋食屋さんだ。そこから左に曲がって昭和（しょうわ）通りを越え、首都高の下まで歩いた。

乾くんの話では、ここがむかし楓（かえで）川という水路だったらしい。その名残のひとつである海運橋親柱を見たあと、もみじ橋を歩いて江戸橋（えどばし）へ。日本橋郵便局前の郵便発祥の地の碑や日本橋ダイヤビルディングをながめてツアー終了。さっきのたいめいけんまで戻り、みんなで夕食をとって解散した。

帰りの電車でひとりになると、記念館のことが頭に浮かんだ。あのときは記念館を見られずにすんでちょっとほっとしたけど、そんなことじゃダメだよな、と思った。

みんな紙こもの市で和紙に興味を持ってくれた。記念館も展示物はけっこう充実してる。あそこにあるものをみんなに見てもらいたい。

そういえば……。薫子さんは、立ち退いたときに記念館を残せるかわからない、と言ってた。なくなる、とは言ってない。ということは、もし来館者が増えて、記念館の存在が会社にプラスになるなら、別の場所で続けられるかもしれない、ってことなんじゃないか。

藤崎さんがやる気を失っているのは、そんなの無理だ、と思っているからに違いない。それで記念館の手入れが杜撰（ずさん）になってる。だから客も来ない。悪循環だ。人が来ないとダメなんだ。

そうだ、看板。倉庫にあった看板をビルの入口に置こう。そうしたら看板に目をとめて、記念館に来てくれる人がいるかもしれない。小さいことだけど、やらないよりマシだ。明日（あした）記念館に行ったら、藤崎さんに提案してみよう。そう心に決めた。

4

土曜日、少し早めに記念館に行った。藤崎さんはすでにパソコンに向かっている。

「おはようございます」

「あ、おはよう」

またしてもこちらを見ずに言う。

「あの……」

呼びかけると、ちらっとこっちを見た。

「昨日、休館だったんですか」

そう訊くと、なんのことだ、という顔になった。

「ああ、午後からね。外に行く用事がはいって。どうして？」

「いえ、昨日このあたりに来たんです。サークルで日本橋めぐりをしていて」

「サークルって、ああ、小冊子研究会だったっけ？」

「はい。後輩が記念館を見てみたい、と言うので来てみたんですけど、休館で」

「それは申し訳なかった」

藤崎さんはあっさりそう言うと、またパソコンに目を戻した。

「今日の仕事だが、急ぎの件があっていまは手が離せない。とりあえず掃除をしてもらって、そのあとは机のうえに年賀状の類を出しておくから、それをこの前の名刺と同じように整理して」

「わかりました。それで、あの……」

「なんだ？」

藤崎さんがパソコンの方を見たまま言う。くじけそうになるが、思い切って看板のことを言ってみることにした。

「実は先々週、倉庫で記念館の立て看板を見つけまして……」

「記念館の立て看板？　ああ、あれか」

「あれ、以前は下に出していたんですよね」

「そうだが……」

藤崎さんはこちらを見て、怪訝な顔をした。

「また出しませんか、土日だけでも。わたしが出しますから」

「なぜ？」

「あれがないと、ここに記念館があるってことすらわかりませんから。先々週掃除したとき、看板もきれいにしました」

「そうか」

驚いたような顔でわたしを見る。

「別にかまわないが。ただ、あの看板、重いよ」

「大丈夫です。じゃあ、今日から出しますね」

そう言うと、荷物を置いて倉庫に向かった。

看板はたしかに重かった。キャスターはついているが、移動するためにはかたむけなければならず、厚い板状で持ち手もない。休み休みエレベーターまで運んで下におろした。玄関の横のできるだけ目立つところに置き、上に戻る。

掃除用具を取りに倉庫に行くと、さっきまで看板が置かれていた場所の奥に古い段ボール箱があった。封がされていなかったので何気なく開けてみると、なかには和紙がたくさんはいっていた。なにかで使った余りのようで、大きさも形もまちまちだ。

「宝の山だ」

紙を取り出し、思わずつぶやく。薄い紙、しっかりした紙、透かしがはいったものや、筋入り、塵入り、落水紙。もみ紙もはいっている。Ａ４サイズくらいの大きさのものもけっこうあった。

これ、使うのかな。ずっとここにあったみたいだし……。頼んだら何枚かもらえないかな。小冊子研究会のみんなに見せたらきっと喜ぶだろう。

「すみません」

どこかから声がした。あわてて倉庫を出ると、記念館の入口に人が立っていた。年配の男の人だ。

「あの。記念館、やってるんですか」

男の人が言った。

「あ、はい、失礼しました。開館しています。どうぞ」

お辞儀をして答えた。

「そうですか。ずっと看板が出ていなかったから。もう閉めてしまったのかと思ってましたよ」

男の人がにっこり笑う。ずっと看板が出ていなかったから、ということは、古くから記念館を知っていた人なんだろうか。

「すみません。看板、出していなかっただけで、いまもやってます」

「そうですか。よかった。和紙の店はいろいろありますけどね、古い和紙をたくさん展示しているところはなかなかないから」

男の人はそう言って引き出しの棚の前に立つ。

「わたしはね、むかしこのあたりで筆耕の仕事をしていたんですよ」

「ひっこう……？」

「賞状を書く仕事ですよ、毛筆でね。わたしは賞状がおもな仕事だったけど、証書とか免状とか、いろいろありました。いまは印刷が増えたけど、仕事はまだあるんですよ。結婚式の招待状の宛名書きとか……」

そういえば母のところに来る式典の案内状には、黒い墨の文字で宛名が書かれているものがあった。ああいうものを書く専門の人がいるのか。

「以前は記念館にもよくお世話になりましてね。いまはもう引退しているんですけど、わりと近くに住んでるからときどきこのあたりには来るんですよ」

「そうだったんですか」

そう答えたとき、館長室の扉が開く音がした。

「ああ、すみません、柳田さん。ご無沙汰しています」

藤崎さんが出て来る。記念館の入口にはカメラがついていて、館長室にいてもだれか来たら対応するから、と言っていたのを思い出した。

「久しぶりに来てみたら、看板が出てたんで、なつかしくなって」

柳田さんは低くおだやかな声で笑った。

「そうでしたか。すみません。最近は看板を出すのを忘れがちで」

「ダメですよ。看板は記念館の顔なんだから。わたしみたいな人間もいるからね。ちゃんと出しておいてもらわないと。まあ、お忙しいんでしょうけど」

柳田さんが笑った。藤崎さんは少し苦笑いになる。

「薫子さんはお元気ですか」

「ええ、相変わらずです」

「それはよかった」

この前の社長さんも薫子さんのことを訊いていた。薫子さんはよほど顔が広いらしい。

「じゃあ、少し見ていきますよ。もうここでしかお目にかかれない紙もたくさんありますからね」

「どうぞ。ゆっくりご覧ください。僕は向こうで仕事をしてますけど、なにかあればいつでも。帰りにはお声がけください」

「ありがとう」

柳田さんはそう言って、棚の前に立つ。深く息をつき、一段ずつ引き出しのなかの紙を見ていく。

「お嬢さんは、アルバイト？」

うしろ姿を見ていると、柳田さんがふりかえって話しかけてきた。

「え、はい。そうです」

「この記念館の紙、素晴らしいでしょう。こんなふうにむかしの和紙を見られるところはなかなかないからね。小津和紙の古文書のコレクションも素晴らしいけど、ここにはいまは作られていない和紙がまっさらなまま残っているから」

「そうなんですね」

「ここの和紙はね、薫子さんが集めたものも多いんですよ」

柳田さんが言った。

「薫子さんの実家は和紙の製造元だったんですよ。家で紙漉きをしてて。それで紙屋に嫁いで来たんだそうです」

以前藤崎さんからも聞いたことがあった。だから薫子さんは和紙に思い入れがあり、この記念館を作ったのだ、と。

「戦後、紙屋藤崎も和紙だけじゃ立ち行かなくなって、いろいろ手を広げてずいぶん大きな会社になったけど、薫子さんはずっと和紙の歴史を残したい、って考えてらした。全国の和紙をいろいろ集めて、それを記念館に寄贈したんだそうですよ」

じゃあ、ここにある紙はみんな薫子さんの……。薫子さんの記念館への思いがわかった気がした。ビル取り壊しで記念館がなくなってしまったら、薫子さんはだれより辛いだろう。

「館長さんもね、薫子さんのお孫さんなんですよねえ。最初はずいぶんと若い館長さんだなあ、って思ったけど、話してみるとなかなかの人だね。さすが薫子さん仕込み。ちゃんと勉強していて、紙のことも良くわかってる」

藤崎さんはこういう人からも一目置かれているのか。

「まあ、お嬢さんもここにいたらきっとわかるよ。あなたもきちんとした人だね。棚もきれいに掃除されている。ここを大事にしてやってくださいね」

柳田さんがおだやかに言う。うまく答えられず、ただうなずいた。

柳田さんはゆっくりゆっくり展示を見て、館長室に立ち寄った。

お茶、淹れないと。少し遅れてそっと館長室にはいり、給湯スペースに向かった。この前の要領でお茶を淹れる。柳田さんの楽しそうな笑い声が聞こえてくる。

冷ましたお湯を急須に入れ、蓋をして蒸らす。しばらくして湯呑みに注ぐといい香りがした。館長室に出て、テーブルにお茶を置く。

「ああ、ありがとうございます。いい匂いですねえ」

柳田さんが微笑む。目尻に深い皺が寄った。お茶を一口飲んだ。

「館長さんも良かったですね、いいアルバイトさんがはいって」

柳田さんがそう言うと、藤崎さんはちょっと渋い顔になり、ええ、まあ、とあいまいに笑った。

「部屋もきちんと掃除されてました。このお茶もおいしい」

　ふう、と湯呑みを吹き、口をつける。

「ありがとうございます」

　お辞儀をしてから自分の机を見ると、もう段ボール箱が置かれている。整理すべき年賀状がはいっているんだろう。掃除はまだだったけれど、柳田さんの話が気になって、席に着いて年賀状の整理をはじめた。

「ほんとにここの紙はいいですね。紙を見ていると心が清々しくなる。筆を取ってなにか書きたくなる」

　柳田さんが言った。

「お仕事、引退されたんですよね」

　藤崎さんが訊いた。

「店は退職しましたが、筆耕はいまも頼まれればときどき。でも、実は最近、もっと自由に書きたくなりましてね」

「と言いますと?」

「まあ、わたしももともとは書家を目指していましたから。生活のために賞状制作の会社にはいって、筆耕をはじめた。墨と筆で書くのは同じだけど、書と筆耕はまったくちがいますからね」

「書家は芸術家、筆耕者は職人、ということでしょうか」

「そうそう。筆耕は自分を出せない。だれが見てもわかりやすく整った文字を書かなくちゃいけないし、内容も決まってる。お客さんの注文にしたがわなくちゃならないところもあるしね」

「なるほど。それは芸術家には辛いですね」

「もっと自由に書きたい、って、仕事が嫌でたまらなかった時期もありました。でもね、あるときたまたま立ち寄った店で、わたしが書いた賞状が額にはいって飾られているのを見たんですよ。ああ、この店にとってはこの賞状が誇りなんだなあ、と感じて、背すじが伸びる思いでした」

柳田さんが目を閉じる。

「もちろんわたしの文字じゃなくて、内容が大事なんですけれども。賞状って、その方が努力されて来たことを証するためのものでしょう？　場合によってはね、人生を通して努力されて来たことだったりもする。それで気づいたんですよ、そのたゆまぬ努力とくらべたら、いまの自分の思いなんてまだまだ小さいな、って」

そう言って息をついた。

「自分の子どもが生まれたら、名前っていうのも、まわりの人が一生懸命その子の人生を思ってつけるんだなあ、ってわかりましたしね。それを書くんだから、これは責任重大だな、って思うようになりました」

「そうですか」

「でも、まあ、年も取りましてね。なぜかまた、自由に書きたい、という気持ちが湧いて来ました。若いころの燃え立つような、正体のわからない欲望とはちがう、どこからかこんこんと湧いてくるような心持ちです」

柳田さんが笑った。

「それで、むかしの伝手(つて)を頼って先生について、ありがたいことに展覧会で賞をいただいたりもしました」

「どんなものを書いていらっしゃるのですか？」

藤崎さんが訊いた。

「童謡です。北原白秋(きたはらはくしゅう)に西條八十(さいじょうやそ)、野口雨情(のぐちうじょう)。あるときどこかで『七つの子』が五時の鐘で流れて来ましてね。そうしたら子どものころの風景がうわあっと頭のなかによみがえって。以来、古い童謡の歌詞の一部を書くようになったんですよ」

「そうですか、童謡の一節を……」

藤崎さんがうなずく。

「実は、今度、知人の紹介で個展を開くことになりまして。せっかくだから紙から自分で選ぼうと思ったんですよ。それでいろいろ試してみたんですが、なかなか理想の紙に出会えない。どうしたものか、と思っていたとき、記念館の看板を見て……」

柳田さんが微笑む。

「渡りに船、って思ったんですよ。ここなら紙がいろいろあるし、なにかヒントがあるかもって」

「どうでしたか？　いい紙、ありましたか？」

「そうですね、こういう紙に書いてみたい、っていうものがたくさんありました」

「でも、見ただけではわからないでしょう？　実際に書いてみないと」

「ええ、そうなんです」

「いろいろ試してみるというのもいいですが、せっかくですし、理想の紙をご自分で作る、という手もありますよ」

「自分で？」

柳田さんが訊き返す。

「ええ。手漉き和紙の工房で、特注で紙を作ってくれるところがあります。原料の配合を考えて、白色度や風合い、書き心地、にじみやかすれの具合なんかを調節してくれるそうです」

「なるほど……」

柳田さんは腕組みし、じっと考えている。

「まあ、個展なんてそうそう開けるものでもないし、この際、思い切り凝ってみるのもいいかもしれない」

「じゃあ、ご紹介しますよ」

藤崎さんが立ちあがり、棚から資料を取り出す。工房の連絡先や、作っている紙のサンプルを机に広げた。柳田さんはそれを一枚ずつめくり、満足そうにうなずいた。

藤崎さんが工房に連絡を取り、打ち合わせの日程が決まる。柳田さんは藤崎さんに何度も頭をさげ、帰り際わたしにもお茶のお礼を言って帰っていった。

年賀状の整理は午前中に終わり、食事から帰ってきたあとは記念館の掃除に出た。先週から気になっていた壁の汚れを黙々と取る。

下の看板を見たのか、たまにお客さんがやってくる。しずかにじっと見ていく人もいるが、たまに質問されることもあり、館長室にいる藤崎さんを呼んだ。

退勤時間になり、倉庫にあった余り紙の箱のことを訊くと、藤崎さんは箱があったことすら忘れていたようで、使い道はないから、全部持っていっていい、と言う。

「いいんですか？」

「いいよ。捨てられずにとっておいたけど、大きさが半端だから売り物にならないし」

「ありがとうございます。サークルの友だちに見せたら喜びます。みんな、この前の紙こもの市で和紙を見て、興味を持ったみたいなので……」

そこまで言って、次回の紙こもの市のことを思い出した。

「あ、そういえば、次の紙こもの市はどうするんでしょうか」

思い切って訊いた。

「ああ、あれね。参加するよ。もう登録されちゃってるしね」

藤崎さんがため息をつく。

「あたらしい商品はどうしますか？」

藤崎さんが怪訝（けげん）な顔をする。

「薫子さんが、またあたらしい商品を作ってくださいね、っておっしゃってたんですけど……」

「ああ、そんなことも言ってたな。この前のカード、品切れになったのもあったし、あれをもう一度作るか」

柳田さんの書道用紙の話にくらべてあきらかにやる気のない口調だった。

「薫子さんがおっしゃっていたのは、あたらしい企画という意味だと思いますが」

「まあ、祖母はそう言うかもしれないけど、あれはあれでけっこう時間も手間もかかるからねえ。それになにを作ればいいのか……。吉野さんだって、そんな簡単に思いつかないでしょう？」

そう訊かれてぐっと黙った。新商品の話を持ち出すのは、具体的な案を考えてからにするべきだった。

「え、それはまだ……思いつかないですけど……」

「じゃあ、今回はいいんじゃないですか。今度は名古屋でしょう？　場所もちがうし、この前のカードを少し作り足す、ってことで」

藤崎さんはそう言うと、またパソコンに向かいはじめた。

どうしよう。もう少し考えればなにか浮かぶかもしれないけど……。

考えに詰まって、余り紙のはいった段ボール箱に目を落とした。

——紙こもの市で見た和紙、面白かったですね。あんなにいろいろな種類があるなんて知らなかったし、質感も素晴らしくて。

——白い紙にもいろいろな白があって、いろいろな質感があって、もっとゆっくり見てみたかったんですよ。

松下さんと石井さんの言葉が頭をよぎる。

いろいろな紙……。

「新商品とはちょっとちがうんですけど、いろいろな紙の袋づめを作ってみるのはどうでしょう？」

「袋づめ？」

藤崎さんはこちらを見ずに言った。

「たとえば余り紙を名刺サイズくらいの大きさにカットしてですね、何十枚かセットにするんです」

「紙を小さく切る？」

「ええ、大きさが揃っていた方がきれいですから。和紙にいろいろな種類があることに部員もみんな驚いていて……。どんなものがあるのかパックされているとうれしいんじゃないかと」

「そんなの、売れるはずがない」

藤崎さんが言い捨てた。

「いえ、紙こもの市でも洋紙のブースで似たような製品があって、行列ができてました。わたしもひとつ買いましたし……」

「それは色紙とかじゃないのか。うちが出しているのは表具や書道に使うためのものが主で、小さく切ってしまったら、使い道がない。カットしてしまったら、もとには戻らないんだ。そんな無駄なことはしたくない」

「いえ、小さくても使い道はあります。紙こもの市に来る人はハンドメイドに興味がある人も多いと思うんです。文具のような実用品を買う人も多いですが、素材としての紙を買っていく人もたくさんいます。わたし自身、そうやって買った余り紙を使って、小箱やアクセサリーを作って楽しんでますし……」

「アクセサリーか」

藤崎さんが大きく息をついた。

「あんまり紙をおもちゃにしたくないんだよね。紙はね、もっと……」

そう言って、天井を見あげる。

「記録のための紙、なにかを包んで守る紙、家具としての紙。紙はむかしから強い力を宿すものだった。できれば敬意を持って扱いたいんですよ」

藤崎さんの言葉にはっとして、答えられなくなる。敬意を持って扱いたい。薫子さんや柳田さんの顔が頭をよぎる。余り紙を売るのは邪道なんだろうか。それに「紙はむかしから強い力を宿すもの」という言葉もなぜか気にかかった。

「祖母は記念館存続のために来館者を増やせ、とか、紙こもの市に出ろとか言う。祖母の気持ちはわかる。自分も和紙が好きだから。でもいまだってお得意さんはいる。ちゃんと和紙の良さをわかってくれる常連さんが。その人たちのことを大切にしたい」

薫子さんには新商品を、と言われたけれど、やっぱりそう簡単にはいかない。麻の葉のカードのときはビギナーズラックだったんだと思った。

柳田さんの話、心のなかにじんわり残っている。紙屋ふじさきで出す商品は、きっとああいう人たちに喜んでもらえるものでなければダメなんだ。余り紙のセットなんて、安直な提案をした自分を恥じた。

だけど……。それは両立しないんだろうか。紙のことをよくわかっている常連さんが大事なのはわかる。でも、紙こもの市に来る、和紙のことをよく知らない初心者だって、将来大事な常連さんになるかもしれない。薫子さんが言っていたように、そういう人たちに届かなければ先細りになってしまう。

「来館者を増やしてどうなるんだ。ビルが取り壊されれば、どのみちなくなるんだ」

「だから看板を出さなくなっちゃったんですか」

「出したってどうせだれも……」

藤崎さんがそこで止まる。

「柳田さんがいらしたじゃないですか」

「たまたまだろう？　和紙のことをなにも知らない人に媚(こ)びて、無理に広める必要なんてない」

「じゃあ、ここがなくなっちゃったら、藤崎さんどうするんですか」

「さあね。会社をやめてしばらく紙づくりの産地めぐりでもするか」

藤崎さんは投げやりに言った。

5

結局、それ以上なにも言えないまま記念館を出た。

頑固で偏屈で引きこもり。薫子さんが言っていた通りだ。

あああ、どうしたらいいんだろ。ぼんやり髙島屋のビルを見あげる。

髙子。

ふと、昨日小冊子研究会で参加した髙島屋ツアーのことを思い出した。

むかし、あの屋上に象が住んでた。あの話、絶対お父さんの小説にも出てきた。短編小説だったと思うが、なんていう作品だったっけ。

お母さんに訊(き)いてみるか。

母はむかし、父の担当編集者だった。入社して数年後、文芸書編集の部署に配属され、はじめて担当したなかに父がいたらしい。父は母より十五歳も年上だったが、何年か担当を続けるうちに結婚したのだった。

なにごとも最初からうまくはいかないよな。わたし自身、もっと紙について学ばないとダメに決まってる。ため息をつきながら、右肩にかけていた重い袋を左肩にかけ直す。なかには段ボール箱にはいっていた余り紙がごっそりはいっている。

帰ったらこれをよく見てみよう。もっと紙のことを勉強しなくちゃ。そう思いながら駅に向かった。

「ねえ、お母さん。お父さんの短編のなかに、デパートの屋上に象が住んでる、って話、あったよね」

夕食が終わるころ、高子が出てくる短編のことを思い出し、母に訊いた。

「ああ、『屋上の夜』のこと？」

「『屋上の夜』……？」

「『東京散歩』っていう短編集にはいってた作品だね。主人公が東京のいろいろな場所を訪れる話」

「ああ、そうだったかもしれない」

母に言われ、記憶がよみがえってくる。

「たしか百花が生まれる少し前に書いた作品だった」

「そうなんだ」

わたしが生まれる少し前。まだわたしがこの世界に存在する前。なんだか不思議な気がした。

「あれ、日本橋髙島屋のことだったんだね」

「そうそう。あの短編集、毎回地名は書いてあるけど店名とかは書いてなかったかもしれない」

「昨日、小冊子研究会で日本橋探索に行って、髙島屋のガイドツアーに参加したんだよ。そしたら途中でその話が出てきて……」

「ああ、そうだったの。日本橋、いま盛りあがってるもんね。三井グループが『日本橋再生計画』っていうプロジェクトを打ち出して、日本橋地域の活性化を図ってるから」

むかしの三井グループの話は、日本橋探索のときにも出てきた。あの大きな建物を作りあげた三井グループが出したプロジェクトとなると、相当本格的なんだろう。

「でも、百花、よく覚えてたわね。あの本読んだの、小学校のときでしょ?」

小学校三、四年生になると家にある大人向けの本を読むようになった。父が書いた本にも手を伸ばした。父が死んだのはわたしが小学一年生のときだから、遊んでもらった記憶はあるが、じっくり話したことはない。それで父がどんなことを考えていたのか知りたかったのだ。

長編を読むのはたいへんだったから、最初は短編集を読んでいた。『東京散歩』もそのころ読んだのだ。なにしろ小学校中学年だから、内容を完全に理解できていたとは思えない。子どもにはわからないようなことがたくさん書かれていて、でも、なんとなくそのまま受け入れていっていた。

「あの象の話がほんとだったんだ、ってちょっとびっくりしたんだ。デパートの上に象がいるなんて荒唐無稽な話じゃない？　だからてっきり作り話かと思ってて」

父が生きていたら、ほんとの話なのか本人に訊いたかもしれない。だが、父はもういなかった。母に訊けば教えてくれただろうが、まあいいや、と思ったのだ。そのころのわたしにとって、ほんとか嘘かはあまり問題ではなかった。

「そうよね。わたしもはじめは作り話かと思ったもの。髙島屋に象がきたのは昭和二十五年。わたしはまだ生まれてなかった。でも、お父さんは昭和二十五年生まれで、一度本物の髙子を見たことがあるらしいの」

「いくつのとき？」

髙子は四年後に動物園に引き取られたという話だった。父が屋上で象を見たとすると、それは四歳までのことのはずだ。

「三歳のときだって。家族といっしょに髙島屋に行って髙子を見た。もちろん本物の象を見るのははじめてだったし、すごく驚いて、最初は大泣きした、って言ってたっけ」

母はくすっと笑った。

「三歳のときのこと、よく覚えてたね」

「お父さん、記憶力のいい人だったから。もっと前の記憶もあったわよ。そういう人だから作家になったのかな。わたしなんて小学校のときの記憶も飛び飛びだもん」

幸か不幸か、わたしは母親似らしい。

「でも、髙子のことを覚えていたのは相当衝撃だったからだと思う、って言ってた」

「なんで？　大きいから？」

身体が大きいだけじゃなくて、鼻が長かったり、かなり変わった形をした生き物だ。はじめて見た子にとっては衝撃的かもしれない。

「ううん、当時、象は人気者だったから、姿は知ってたみたい」

母が思い出すように言った。

「でも、なんだかわけのわからない不安に襲われて、大泣きしたんだって言ってた。成長していってもその不安のようなもののことは忘れられなくて、ずいぶん時間が経ってから正体がわかったんだって」

「なんだったの？」

「まあ、ひとことで言うと、孤独かな。髙子がたったひとりで屋上にいる、そのことが怖かったんだって。夜になればデパートにはだれもいなくなる。夜の闇のなかで、こんな高いところにたったひとりでいる。そのことが怖くてたまらなかったんだって」

「ああ、小説にもたしかそんなことが書いてあったような……」

「そうね、主人公が髙島屋の屋上を訪れて、当時感じた不安の正体がわかる、そういう話だった。自分の実体験を小説にしたんだよね」

母はそう言って、少しさびしそうに微笑んだ。

夕食後、書庫の本棚から『東京散歩』の本を探す。いまわたしたちが住んでいる部屋は3LDK。いちばんせまい四畳半の部屋は書庫になっていて、父が遺した本はほとんどそこに収められている。

父の著書は一箇所に収められていて、『東京散歩』もすぐに見つかった。部屋に持ち帰り、ぱらぱらめくる。ところどころおぼろげに覚えている部分があった。

髙子が出てくる「屋上の夜」のページを探し、読みはじめる。ある日主人公は、訪問先への手土産を買いに日本橋の百貨店を訪れる。もともと百貨店のようなところは苦手だったが、訪問先が日本橋の近くで、土地勘がないので百貨店に寄ったのだ。にぎやかな食料品売り場で菓子を買い求めたあと、エレベーターに乗って屋上にのぼる。

そこで髙子のことを思い出す。幼いころ、ここで象を見た。ふいにそのことを思い出し、自分が百貨店が苦手なのはそのせいなのかもしれない、と思う。

幼少期の自分は、象を見て言いようのない感情に襲われた。恐怖、または不安、いや、憂鬱（ゆううつ）だろうか。主人公は記憶をたどり、当時は言葉にできなかったその感情の正体について考えていく。

最初は髙子がたったひとりでここにいるということに不安を感じたのかもしれない、と思った。人はたくさんいるが、象は髙子一頭だけ。ほかの象から引き離されて、遠いところからやってきた。その孤独が怖かった。だがそれだけではない気がした。

幼いころの自分に、象がどれほど遠いところから来たのか、わかるとは思えなかった。髙子は人気者で、かわいがられているように見えた。同族の生き物はいないけれど、人には囲まれている。ではなぜだろう。土から切り離された、上に空しかない場所だからだろうか。人工の建物の上だからだろうか。

いろんな理由が頭に浮かんだが、結局その感情の正体ははっきりしない。やがて時間がやって来て、主人公は訪問先へ向かう。

用事が終わり、帰りは夜になった。百貨店の近くを通ると、もう電気が消えている。それを見たとき、髙子は夜はどうしていたのだろう、と思った。夜の屋上にたったひとりでいる。あの四角く区切られた場所から一歩も出られずに。

そう考えるといてもたってもいられなくなった。空は大きく広がって、きっと髙子の故郷までつながっている。だが、その四角い枠から出ることができない。そのどん詰まりのような場所のことを思うと、胸がふさいでくる。幼少期に感じたものと似ている気がした。

家に帰った主人公は、夜の百貨店の屋上でひとり過ごす計画を立てる。

次の休みの前日、夕方百貨店に行って屋上の物陰に身を隠した。不安に押しつぶされそうになりながら閉店時間を待つ。やがて日が落ちて人の姿がなくなってから、主人公は外に出る。不思議とさっきまでの恐怖は消えていた。

人気（ひとけ）のない屋上に立ち、夜の街を見おろしながら、過去のことに思いを馳（は）せる。むかしここにいっしょに来た祖父母も父もずいぶん前に他界している。母も去年亡くなった。お世話になった人も亡くなるようになり、自分の知っている世界がだんだん小さくなっていくような気がしていた。

この四角い屋上のように。人はみんな年をとるとこうなる。老いれば老いるほど、ビルは高くなり、細くなる。となりのビルともあいだが離れ、屋上の面積は小さくなる。高い塔の先にひとり住むようになる。

身近な人が死ぬたびに、正体のわからない不安を感じた。悲しみの方が強いからふだんは気づかないけれど、ふとしたときに不安が顔を出す。それはここで高子を見たときに感じた不安と似ていた。

幼いころの自分は、将来のこのどうしようもない孤独を垣間（かいま）見ていたのかもしれない。そうして不安になったのかもしれない。

ここにひとり住んでいた高子を思って泣いた。高子が戦後の人々の希望となったのはたしかだろう。たくさんの人が高子を見て喜んだのもほんとうだろう。だが、長いあいだこの狭い場所に高子を閉じこめてしまった。

髙子の頭上の空は、遠く、故郷までつながっている。だが、四方を崖（がけ）で囲まれ、一歩も外に出られない。出たら死んでしまう。故郷に帰るには空を飛ぶしかない。死ぬしかない。そんな孤独のなかに髙子を閉じこめたのだ。

髙子はその後動物園に移ったという。前にその話を聞いて、少し安心したのを思い出す。故郷には帰れなかったが仲間もでき、平成二年まで生きたと聞いた。

そんなことを思いながら、主人公は眠りに落ちる。朝になり、日が射してくる。まわりの建物にも日が射すのを見て、物語は終わる。

こんな話だったのか。

小学校のころのわたしには、百貨店の屋上に象が住んでいたという記憶ばかりが鮮明で、夜の屋上に泊まりこむところなどはほとんど覚えていなかった。

お父さんはこんなことを考えていたんだ。このあとわたしが生まれて、それからたった六年で死んでしまった。

ほかにどんな話があるのか気になって、『東京散歩』を最初から読んだ。覚えのない描写が次々にあらわれ、いつのまにか引きこまれていた。

自分が行ったことのある場所が増えたのもあるかもしれない。だが、もう二十年以上前の話だから、わたしの知っているその場所とは少し様子がちがう。取り壊されてもう存在しない建物や、あたらしくなる前の駅の話も出て来る。それがわたしが生まれる前の風景だと思うと、不思議なような、怖いような気持ちになった。

最後の方の作品に、紙が出てくるものがあった。主人公が博物館を訪れ、古文書を見る話だ。

——紙はむかしから強い力を宿すものだった。

冒頭の一文を見たとき、どきっとした。

藤崎さんが言ってたのと同じ……。

その作品の中で父は、文字は言葉を形にしたもの、目に見えない重さがある、と語り、文字をのせる紙にはそれだけの力が宿っている、と書いていた。

紙の力。

その通りだと思う。だけどいまは、文字をのせるのは紙だけじゃなくなっている。パソコンにスマホ。電子の文字が世界中にあふれている。そのうち、記録のための紙は必要なくなってしまうんじゃないか。和紙にかぎった話じゃない。

だけど紙には力がある。みんなそのことを知っているから紙に惹かれる。薫子さんも柳田さんも藤崎さんも。紙こもの市に集まってくる人も、きっとそうなんだ。

そういえば父も……。父は紙を細工するのが好きで、よく自分の書き損じの原稿用紙を使って、ノートを作っていた。裏は白いからまだ文字が書ける。めくると以前の原稿の切れ端が出てきて、そこに書かれた文字で新しいことを思いつくこともある。そんなことを言っていた。

父が生きているころはまだ父の本を読むことはできなかったけれど、ノート作りはよくいっしょにした。

押し入れの奥から古い段ボール箱を引っ張り出す。ここに引っ越してくるとき、父の思い出をまとめて入れた箱だ。

「あった」

箱のなかから手作りのノートを取り出す。

包装紙や裏の白い広告などを束ねてノートにしたもので、よく父と作った。あのころは「いろいろ紙ノート」と呼んでいた。紙を重ね、ふたつ折りにして、くるっと回転するホチキスで真ん中を留めるだけ。何冊もそうやって作ったノートが出てきた。

母が真ん中を糸でかがって綴じてくれたものもあった。母は大学時代図書館司書の資格を取り、製本も学んだことがあったようで、いくつかの綴じ方でしっかり製本してくれていた。

今日もらってきた余り紙でノートを作ってみようか。思いついて、袋をあける。A4より少し細い形の紙が大量にあったので、それを使って作ってみることにした。

どうせならいろいろな種類の和紙を束ねてみよう。ホチキスではつまらないから、糸かがりにする。

母が綴じた本を観察する。折り目に数ヵ所、目打ちで小さな穴を開け糸を通している。父もわたしも和綴じではなく、しっかり開く中綴じが好きだった。糸の通し方もいろいろあり、綴じ方によって穴の数や位置がちがう。

真似できないことはなさそうだったが、目打ちや糸は母に借りるしかない。せっかくだから綴じ方も母に訊いてみようと思った。

リビングで雑誌を広げていた母に、綴じ方や道具のことを訊く。

「糸かがり？　なんで？」

母はちょっと驚いたような顔をしたが、父と作ったノートを見せると、ああ、とうなずいた。

「こういうの、ふたりでよく作ってたわねぇ」

母がなつかしそうに笑う。

「この紙で作りたいんだけど……」

もらってきた和紙を見せる。

「え、これ、和紙？　耳ついてるのもあるし、手漉き？」

「そう。記念館にあった余り紙、もらってきたの」

「へえ。上等そうだね。いいよ、いっしょに作ろう。こういう紙ならちゃんと作らないと。まっすぐ切って、まっすぐ折って、位置をそろえて穴をあけて糸を通す。それだけなんだけど、そういうことをきちんとするのがいちばんむずかしい」

母はそう言って裁縫道具や長い定規を持ってきた。

紙を綴じるのには麻の糸が良いそうで、いまある色をいくつか見せてくれた。白い紙を綴じるから色の糸でもいいんじゃない、と言われたが、糸を目立たせたくなかったので、白を選んだ。

定規を使って紙をまっすぐに切る。大きさをそろえてふたつに折る。

「お父さんって、子どものころからノート作るのが好きだったみたいだよ」

作業しながら母が言った。

「そうなの？」

「本が好きで、もちろん中身も好きなんだけど、ものとしての本が好きだったんだよね、きっと。本の形をしたものに憧れていた。それが高じて、一時期は手帳屋さんになりたいって思ってたみたい」

「手帳屋さん……」

「革の表紙がついたような立派な手帳を作りたかったんだ、って言ってた。それで、大学出たあと、文具の会社を受けた。でも採用されなくて、親戚の紹介で医薬品の製造メーカーに就職した。給料はよかったけど仕事が嫌で、小説を書きはじめたんだって。それで新人賞を取って、作家になった」

「そうだったんだ」

「まあ、おかげでお父さんの作品を読めるようになったわけだから、それで良かったと思うけど。でも、もし文具の会社に受かってたら、小説書いてなかったのかもね」

母は笑った。

「きっと本の形のものに思い入れがあったんだよね。束見本とかも出版社からよくもらってきてたし」

「あ、それもらったことがある」

「あのとき百花、すごい喜んでたもんねえ。これで自分の本を作れる、って」

「ほんと？」

そんなこと言ったのか。全然記憶にない。

「ほんとほんと。血は争えないなあ、って思った。そこになにを書くか、ずいぶん長いこと計画立ててたっけ」

「結局なにも書けなかったんだよね」

「そうだったね」

母がくすっと笑った。

あのときの束見本、まだ真っ白なままどこかにあるはずだ。あの箱のなかだろうか。あとで探してみよう。

紙を束ね、母に言われた場所に目打ちで穴を開け、糸を通した。最後はゆるまないように母に結んでもらい、紙の端がきれいにそろうように切り落とす。

「なかなかよくできたじゃない」

母が言った。

「和紙ってすごいわよねえ。透けてるのとか、模様はいってるのとか……」

ノートをめくりながらながめている。

「ただの白い紙でも色合いも風合いもみんなちがうのね。奥が深いなあ。百花、これ、名前わかる？」

「え、名前？」

「産地とか、なんとか紙とか、名前があるんでしょう？」

「ああ、うん。あると思うよ」

記念館の引き出し棚のことを思い出した。あそこにはいっている紙には全部名前や産地が記されていた。

「こういうの、見分けられるようになったらすごいね。和紙ソムリエ、みたいな」

「館長の藤崎さんはそんな感じだよ」

「紫乃がお世話になっている人なんでしょ？　まだ若いって聞いてたけど、そんなにくわしいんだ」

藤崎さんのことを思い出すと、少し気持ちがめりこんだ。

明日（あした）、どうしよう。仕事なんだからさぼるわけにはいかない。でも記念館に行ってなにをしたらいいんだろう。藤崎さんはすごい人だ。薫子さんには記念館を盛りあげるように言われたけれど、そんなの素人のわたしにできるはずがない。

どうすればいいのかな。大きくため息をついた。

6

次の朝も少し早めに記念館に行った。藤崎さんはまたパソコンに向かっている。考えてもなにもわからないので、とにかくできることをしようと思った。看板を下に運び、入口に置く。

それから思い立って藤崎さんとふたり分のお茶を淹れてみた。ガラス会社の社長さんも、柳田さんも美味しいって言ってくれたので、ほんとにちゃんと淹れられているか、ずっと気になっていた。

お茶を出すと、藤崎さんは一瞬なにか言いたそうな顔になったが、黙って受け取った。わたしも自分の机でお茶を飲んだ。なかなか美味しくて、ちょっと安心した。

机の上にはなにもない。掃除の続きをするために記念館に出た。壁の汚れも落としたいし、引き出し棚のなかに溜まった埃も気になっていた。あれを一段ずつ掃除するのはけっこう手間だけど、はじめたからにはきちんとしたい。

それに、それくらいしかわたしにできることってないしなあ。昨日母に言われたことを思い出し、掃除をしながら紙の名前を覚えよう、と思った。

「吉野さん」

棚の掃除中、うしろから声がした。突然だったので、びくっと飛び跳ねそうになった。お客さん？　いつのまに……。ふりかえって見ると、藤崎さんが立っていた。

「あ、藤崎さん。えーと、なんでしょうか」

「いや、とくに用事というわけじゃないんだが……」

藤崎さんは口ごもった。

「君、以前この記念館の展示がわかりにくい、って言ってたよね」

「あ、いえ、それは……わたしが単に無知なだけで……」

あわてて両手を横に振った。

「いや、別にとがめてるわけじゃないんだよ。あのときは紫乃さんもそう言ってた。紫乃さんはものごとをきちんと見る目のある人だ。紫乃さんが言うくらいだから、そういう面もあるのかもしれないな、と思って……」

藤崎さんはもごもごと言いよどんでいる。

「教えてくれないか。どこがどういうふうにわかりにくいのか」

そう言って、真剣な顔でこちらをじっと見た。

「そうですね、あのときも言いましたが、まずあの中央にある紙漉き(かみす)の説明がわかりにくいです。文字だけしかありませんし……」

おそるおそる話しはじめる。

「説明の絵を入れる、っていうことか？　でも、絵なんてだれが描くんだ？　専門家に頼めばそれなりにお金もかかるだろう。道具そのものは展示してあるんだから、それじゃダメなのか？」

「え、ええ、たしかに道具の展示はあるんですけど、それがあの文章とは直結しないと言いますか……。たとえば簀桁も展示されてますけど、簀桁を振って、と言われても、どんなふうに振るのか想像できない、というか……」

藤崎さんは黙って聞いている。

「貝殻の小箱の取材のとき、紙漉きの工房に行ったじゃないですか。そのときはじめて紙漉きの現場を見て、ようやくここに書かれていたのはこういうことだったんだ、ってわかったんです。実際に紙漉きを体験したら、もっとよくわかりました」

「そうなのか」

「体験までは無理としても、目で見るのが大切なんです。イラストで説明するのもいいですけど、写真でも……」

そこまで言ってはっとした。

「そうだ、あのとき、スマホで映像、撮ったんですよ。SNSでも流しましたけど、あれをそのまま流せれば、理解度がぐっとあがると思うんですが」

「映像を流す？　そんな設備は……」

「いえ、特別のものでなくても、タブレットでもいいんじゃないでしょうか」

即座に答えた。

「タブレット？　まあ、タブレットなら会社に言えば……」

「森沢先輩に言えば、映像、編集してくれると思います。紙漉きのほかにも、映像たくさんありますし」

「なるほど」

藤崎さんは意外と素直にうなずいている。

「ちょっと考えてみる。ほかには？」

「そうですね、わかりにくい、というより……」

言葉に迷い、天井を見あげる。

「たとえばこの棚の和紙なんですけど、木の引き出しにはいっていて、開けないと見えないじゃないですか。引き出しに名前は書いてあるけど、和紙にくわしくない人は名前を見てもどんな紙かまったく想像できない。ひとつずつ引き出しを開けて見ているうちに飽きちゃうと思うんです」

「それはそうかもしれないが……」

「和紙をよく知らない人にも魅力が伝わるようにしないといけないと思うんです。和紙にはそういう力があります。わたしもそうでした。なにも知らなかったけど、見たら忘れられなくなる。紙こもの市に来たサークルの人たちもみんなそう言ってました」

なぜかどんどん口から言葉が出て、止まらなくなっていた。

「和紙の良さは写真じゃ伝わらないと思うんです。実物見ないとわからない。なんでもネットでわかるような気がしてるけど、本当は実物見ないとわからないことってたくさんある。質感とか、触った感じとか。だから、実物がぱっと見られるのって大切なことだと思うんです」

「理屈はわかったが、じゃあどうすればいいんだ？」

「そうですね……」

いろいろな和紙を一目で見渡せる方法……。

前に小冊子研究会のメンバーと行った洋紙の店のことを思い出した。

「洋紙ですけど、神保町に『見本帖 本店』っていうお店がありますよね」

「ああ、竹尾の」

「そうです。お店の真ん中に台がいくつもあって、その上に名刺サイズに切られた紙がずらっとならんでいる。いろいろな紙があることが一目でわかるし、台に行けば紙を直に見て、手に取ることもできるでしょう？　ただわかりやすいだけじゃなくて、楽しいじゃないですか」

「楽しい……？」

藤崎さんが首をひねる。

「はい。やっぱり楽しめる感じって大切だと思うんです。心躍る感じっていうか。そういうものがあれば、和紙のことを知らない人でもきっと惹きつけられると思うんです」

「言いたいことはわかった」

藤崎さんはそう言って、なにかじっと考えている。

言いすぎてしまっただろうか。なにも知らないくせに、と思われただろうか。どうしたらいいかわからず、うつむいた。

「吉野さん」

藤崎さんの声がした。

「展示を変えたくらいで来館者が増えるとは思わない。だが、たしかに手入れは怠っていたと思う。看板を出さなくなっていたのも悪かった。君が掃除をしているのをながめていて、ちょっと反省した」

反省……？　驚いて藤崎さんの顔を見る。

「いえ、あの、わたしはただ……。自分にはほかにできることもないですし……」

わたしも口ごもった。

「君の事情は聞いてない。要するに、ぱっと見てわかる、気軽に手にとって見られる、そういうことが大事、ということだな」

「そうですね」

君の事情は聞いてない、という言葉にちょっとむっとしたが、いま大事なのはここの展示をどうするか、だ。わたしの気分の問題は横に置いておこう。

「紙こもの市に出ることにも意味があるとは思えない。だが、せめてきちんと掃除をして、もう少しマシな展示にしよう。人のためじゃない。ここにある紙のためだ」

藤崎さんはそう言って、中央の紙漉きの道具に目を移す。

「内容はさておき、説明パネル自体、かなり古びてるな。作り直すか」

「え、できるんですか？」

「プラスチックのパネルを作ろうとすればそれなりに金はかかるが、あたらしいものをプリントアウトしてパネルに貼るくらい、たかが知れてる。それに勘違いしてもらっては困るが、金がないというのは、改築するほどはない、というだけで、備品くらいは買えるよ。ちゃんと商売はしてるんだから」

「そうなんですね」

翠さんの店の仕事だって、この前のガラス会社の仕事だって、それなりに大きなお金が動いてるんだ。大学のサークル感覚とはわけが違う。

「タブレットで映像を流すのも考える。それと、さっきの見本帖のアイディアもよかった。これも専用の什器(じゅうき)を作ろうとしたら相当かかるが、出来合いのケースで対応すればなんとかなるだろう。でも、まずは掃除だ」

藤崎さんはそう言うと、倉庫に行って自分も掃除用具を取り出した。紙のはいった引き出しを一段ずつ抜き取り、なかの埃(ほこり)を取る。人手が二倍になり、心が軽くなった。作業量が半分になっただけ。でも感覚的には四分の一くらいになった気がする。

ふたりで黙々と引き出しの掃除を続けていると、お客さんがやって来た。中学生くらいの女の子と、そのお母さんらしいふたり連れだ。

「はいってもいいですか？」

お母さんにうながされ、女の子の方が訊いてくる。

「どうぞ」

藤崎さんが答えると、ふたりはおずおずとなかにはいってきた。

引き出し棚に近づき、手をかける。最初の引き出しを開けたとき、女の子の目がぱっと開いたのが見えた。

「お母さん、この紙、きれい」

女の子はぼうっと紙を見つめている。

「どれどれ」

お母さんが横からのぞく。青海波の透かし模様がはいった紙だった。

「うわあ、ほんと。きれいだね。どうやって作ったんだろう」

お母さんが言うと、藤崎さんがふたりに近づき、それはですね、と言って説明をはじめた。中央の台に案内し、道具を見せながら身振り手振りで漉き方を教えている。わたしも近くで聞いていた。知らないことばかりで惹きつけられた。

女の子もお母さんも夢中で聞いているのがわかる。やっぱり藤崎さんだって、和紙のことを知らない人に伝えたいんだ、と思った。

「来て良かったです」

帰り際、お母さんが言った。

「実は前の紙こもの市でカードを買って、そのときにこの記念館のことも聞いたんです。娘も紙ものが好きでイベントにもいっしょに行ったんですけど、ふじさきさんのブースを見て、和紙のことをもっと知りたい、って言い出して」

「そうだったんですか」

「記念館にもどうしても行きたい、って言うので。来てよかった。勉強になりました」

お母さんが頭をさげる。

「説明、わかりやすかったです。ありがとうございます。展示だけだとわからなかったと思いますが、説明してくださったので、よくわかりました。いつか和紙作りを実際に見てみたいです」

女の子もそう言って、ぺこっと頭をさげた。

「説明パネル、作り直そう」

母娘連れが帰ると、藤崎さんが言った。

「あの親子と話していてわかった。やっぱりあの内容じゃ、ダメなんだ」

腕組みし、なにか考えている。

「あの説明は僕の前任者が作ったものだ。和紙のことも紙漉きのこともほんとによく知っている人で……。僕は何度も紙漉きをしたことがあったから、あれを読んですぐにわかった。だからそれでいいと思いこんでいたんだ」

藤崎さんは早口に言った。

「だがふつうの人は、舟も簀桁も見たことがないんだな。だからどうやって使うのか、想像もつかない。そういう人に向けて書かなくちゃいけないんだ。吉野さん、手伝ってくれるかな」

「はい。わたしにできることでしたら……」

展示パネルを取りはずし、館長室に持ち帰った。

説明文をひとつひとつ検討し、一から作り直すことになった。いろいろ相談した結果、紙作りの過程を一から順を追って説明することにした。

紙漉きの工房を見学したとき、紙を作る工程のなかで、紙漉きは最後の一瞬だと聞いた。ほんとはその前に膨大な過程がある。

和紙の材料は、楮、三椏、雁皮と言った植物。いまはそれらを栽培する人も減り、和紙作りをする人たちが自分で育てていることも多いらしい。

楮は一年で育つ。春になると前の年に刈り取った株からあたらしい芽が出てくる。春から夏にかけては楮の世話に追われる。雑草を取ったり間引きしたり。

秋になると収穫。刈り取った楮の枝を払い、長さを切りそろえ、釜で蒸す。やわらかくなった皮は人の手で剝く。外側の茶色い部分を剝がし、白い皮だけにする。それから煮込み、水に晒す。水のなかで何度も何度も細かい塵を取り、叩く。

藤崎さんの説明を聞くと、気が遠くなるほど手間がかかっていることがわかる。

「やっぱり言葉だけじゃ伝わりにくいですね。写真があればわかりやすいのに」

この前の取材で紙漉きの様子は撮ったが、そこまでの工程の写真もほしい。

「写真ならたくさんあるよ」

藤崎さんがあっさり答えた。

「え、あるんですか？」

あるなら早く言ってくれればいいのに、と思ったが、口には出さない。

「うん。楮の畑も、収穫のときや『楮かしき』のときに撮ったのもあるし」

「『楮かしき』？」

「細川紙の産地の小川町では、正月に楮の皮をむく行事があるんだ。それが『楮かしき』。何回も見に行ってるよ」

藤崎さんはパソコンから何枚も写真を出してくる。

「紙漉きの写真はわたしもこの前撮ったのがありますし……。こういうのを組み合わせていけば、わかりやすくなると思うんですけど」

「なるほど。たしかに写真があると想像しやすくなるな」

藤崎さんが感心したように言う。

「じゃあ、これをデザイン用のソフトで配置していけばいいってことか」

こともなげに言うと、デザインソフトを立ちあげ、写真と文章を配置していく。

なぜだ。こういうこともできるのに、なぜいままでやらなかった？　そう思ったが、もちろん口には出さない。要するに、以前の展示をほんとにいいと思っていた、ということなんだろうけど。

「なんだ、商品プランを練るときにやってることとたいして変わらないな」

藤崎さんはソフトの使い方にも熟練していて、あっという間に形が整っていく。文章を推敲し、写真の大きさを考え、紙面を整えた。

気がつくと五時を過ぎていた。

「とりあえず、今日はここまでにしよう」

「わたし、まだがんばれます。パネルに貼る仕事もあるんですよね」

「いや、ここまでできれば大丈夫だよ。文も配置もプリントしてチェックしないとわからないところもあるから、明日ゆっくり微調整する。それに、パネル作りは業者に頼むよ。データで入稿すれば二、三日で仕上げてくれるだろう」

藤崎さんは言った。

業者……？　そうか、世の中にはそういう業者もあるのか。

「それより、食事に行かないか。考えたら、今日はまだお昼、食べてないじゃないか」

「あ、そうでした」

藤崎さんはプロなんだ。麻の葉のカードだって、貝殻の小箱だって、完璧な仕上げだった。パネル作りなんて容易いことだろう。

お腹もかなり空いていた。さっきまでは文章作りに夢中になっていたから気がつかなかったが、空きすぎて、胃がきりきりしている。

「わかりました」

「じゃあ、帰り仕度して。僕の好きな店でいいかな」

藤崎さんに言われ、うなずいた。

7

記念館を出て、髙島屋にはいった。通好みの変わった店かも、と覚悟していたが、意外にふつうに百貨店のなかの店みたいだ。レストラン街の店ってことかな。日曜だけど時間も早いし、いまならならばないではいれるかもしれない。

でも、藤崎さんってどんなものが好きなんだろう。和？　洋？　中？　食事しているところを見たことがないからぴんと来ない。

「デパートの食堂なんだけど、いいかな？　新館にはいろいろおしゃれな店がはいってるみたいだけど、どうも慣れなくて」

藤崎さんが言った。

デパートの食堂……？

「レストランが何軒かはいってて、どの店の料理も食べられるっていう……」

ああ、フードコートか。髙島屋だとどこも高そうだけど、フードコートならちょっと安心だ。

「大丈夫です」

「そうか。じゃあ、エレベーターに乗ろう」

藤崎さんは本館の古いエレベーターの方に歩いていき、上向きの矢印を押した。八階までのぼり、エレベーターを降りると、迷わず右に進む。少し行くとなんだか立派そうな店の前に出た。入口に受付があり、黒い服の男の人が立っている。

特別食堂。帝国ホテル、大和屋三玄、五代目野田岩。

壁にはそう書かれた看板がある。

——レストランが何軒かはいってて……。

さっきの藤崎さんの言葉が頭によみがえる。何軒かはいってるっていうのが、これ？

「いらっしゃいませ。どうぞ奥に」

受付の男の人が言った。

「まあ、ここならだいたいだれでも食べられるものがあるから」

藤崎さんが言った。いや、もちろん食べられるとは思いますけど、お金が……。お財布のなか、いくらあったっけ。帝国ホテル？　大和屋三玄はわからないけど、野田岩っていうのはたぶんうなぎだ。いくらするんだろう。

だが、もう案内されてしまったのだ。帰るわけにもいかない。覚悟を決めて、あとについていった。

入口を抜けるとすぐに大きなワインセラーがならんでいる。ああ、ちょっと待って。これはまずい。わたしの知ってるフードコートとは大きくちがう。しばらく行くと広い待合室のようなところに出た。

「すぐご案内しますので、少しお待ちください」

ふかふかの椅子がならんでいるが、ここはまだレストランじゃない。藤崎さんはゆうゆうと座っている。

「どうぞ」

男の人に案内され、レストランにはいった。赤い絨毯(じゅうたん)が敷かれ、なんだか高級そう。ホテルの結婚式の会場みたいだ。まわりに座っているお客さんも、着飾っているわけじゃないけれど、なんとなく優雅で品が良く、お金持ちっぽい。

ここで食事するんですか。藤崎さんもやっぱり社長の一族というだけのことはある。これを「デパートの食堂」と称しているところも。まあ、実際「特別食堂」という名前ではあるんだけど。

びくびくしながら藤崎さんのあとについていく。

ちらっとのぞくと、横の席の女性たちは、それぞれ、うなぎ、懐石、カレーライスとばらばらのものを食べていて、食器もそれぞれちがう。たしかにフードコートだ。めちゃめちゃ高級なだけで。あ、でも、カレーもあるんだ。ちょっと安心した。

「どうぞ」

席に座るとき、案内の男の人が椅子を引いてくれた。言われるままにすとんと腰をおろす。テーブルクロスも真っ白でぴんとしていて、椅子の座り心地もいい。調度品もクラシックで奇をてらったところはどこにもない。

メニューを見ると、たしかに帝国ホテルの洋食、大和屋三玄の和食、野田岩のうなぎ、と三つの店の料理が一冊に束ねられていて、料理の写真まで載っている。ファミレスみたいで安心な感じだ。高いコース料理もあるけど、カレーやサンドイッチもあった。払えないほどではないが、やっぱり高い。でも、おいしそう。『仔牛のカツレツインペリアル風』に目が釘付けになる。

「ここ、前は七階にあったんだよ。ちょっと狭くなったけど、味やサービスはむかしのまま。祖母が好きな店なんだ。いつもこっちに出てきたときはここで食事してる。格式張った店とちがって気楽だから」

気楽。この高級っぽい店が……。だが少しわかる気がした。年配のお客さんも多く、妙にがんばっているようなところがない。みなくつろいで食事している。

「薫子さんはどんなものを召しあがるんですか」

「なんでも食べるよ。ステーキでも、うなぎでも。最近は少し食が細くなったから、お子様プレートを頼むときもある」

藤崎さんがちょっと笑った。

「お子様プレートって、子どもじゃなくても頼めるんですか？」

「うん、頼めるよ。ここはそういう制限がないんだ。僕もときどき頼む」

藤崎さんがお子様プレート……？　一瞬驚いたが、妙に似合っている気もした。

「どうする？」

「えーと……」

できるだけ値段の安いものを探してメニューをめくる。

「今日は僕が奢（おご）るから、値段は気にしなくていいよ」

「え、そんな……いいです。大丈夫です」

「いや、いいよ。今日は新人歓迎会だ」

そう言われて、ぽかんとした。

「僕は『牛フィレ肉のフォアグラ添え』にするよ」

「じゃあ、わたしはビーフカレーで……」

「え、カレーでいいの？　いや、ここのカレーはおいしいけど、『仔牛のカツレツインペリアル風』はどう？　はじめて来た人にはよく勧めるんだ」

カツレツはさっきからずっと気になっていたから、そう言われると抗（あらが）えなかった。

カツレツはほんとうにおいしかった。最後の一口を食べ終わったとき、思わず小さくため息が出るほどで、生きててよかった、と思った。藤崎さんの勧めでデザートまで食べて、店を出た。

藤崎さんに誘われ、屋上にのぼった。早い夕食だったから、まだあかるい。

「吉野さん、知ってる？　むかしここにはさ」

夕暮れの空を見ながら、藤崎さんがつぶやく。

「象がいたんですよね」

即座に答えた。

「え、知ってたんだ」

「この前サークルのみんなとガイドツアーに参加したんですよ。そのとき聞きました」

「そうか、ガイドツアーに」

藤崎さんがうなずく。

「でも、百貨店の屋上に象がいた、っていう話、実は前から知ってたんです。むかし短編小説で読んだんですよ。ただ、それがここだっていうことは知りませんでした」

「短編小説？」

藤崎さんが訊いてきた。

「なんてタイトル？」

「『屋上の夜』です。『東京散歩』っていう短編集のなかの一編で、そんなに有名な作家じゃないから知らないと思いますけど、吉野雪彦という作家で……」

そこまで言って少し迷った。父は生前もそれほど有名じゃなかった。新人賞でデビューしたけれど、その後文学賞も取れなかったし、大ヒットしたと言える作品もない。死んで十年以上が経ち、どこの本屋にも本は置いてない。ネット書店で見ても、版元に在庫がないのだろう、古書店でしか扱われていなかった。

「わたしの父なんです」

でも、思い切って言った。

「お父さん？　そうか吉野……」

藤崎さんが息を呑み、驚いたような顔になる。

「知ってるよ。『東京散歩』も読んだ。ここに象がいたことも、あの本で知ったんだ。『屋上の夜』で」

いままで父の名前を知っている人と会ったことがなかった。だからだれともその話をしたことがない。莉子とも。

「吉野雪彦さん、いまでもいちばん好きな作家だ」

藤崎さんがつぶやく。

言葉を失った。

いちばん好きな作家？

驚き、次の瞬間、じんとした。父のことを知っている人がいた。父の本を読んでくれていた。自分で思っていた以上にそのことがうれしくて、戸惑った。

「あの、じゃあ、もしかして『紙はむかしから強い力を宿すものだった』という言葉は……」

ふいにこの前の藤崎さんの言葉を思い出し、訊いた。

「そうだよ。あれは『東京散歩』からの引用。ずっと心に残っていたんだ」

「そうだったんですね」

なんと答えたらいいのかわからず、じっとうつむいた。

「そういえば前に紫乃さんから、自分の姉の亡くなった夫が作家だった、って聞いたことがあった。そのときはそれがだれかまで訊かなかったけれど、吉野雪彦さんだったのか。驚いたな」

藤崎さんが息をつく。

「祖母が好きだったんだ。僕は祖母の家に預けられることが多くてね。祖母に来客があったり、家のことをしたりしているときは、よく祖母の棚から本を出して読んでた。その中にあったんだよ、吉野雪彦さんの本が」

「そうだったんですね。あの……ありがとうございます」

なにを言ったらいいかわからず、思わず頭をさげていた。

8

「僕の家はさ、父親は藤崎産業の社員で仕事一筋、母は歌手だったんだ」

歩きながら藤崎さんが言った。

「歌手？」

「歌手って言っても、テレビに出るような歌手じゃないよ。クラシック。声楽家って言った方がいいかな。オペラに出たり、クラシックのコンサートとかいろいろね」

「すごいですね。お母さま、いまも歌っていらっしゃるんですか？」

「いや。ここ数年は休養中。舞台に立ち続けることに疲れたから、少し充電したいんだってさ。それで父とヨーロッパに行ってる」

「ヨーロッパ？」

「そう。数年前から父は藤崎産業の海外事業部に移ってね。いまはイタリアの支社にいる。母もそこに行ったんだ。まあ、母はオペラ歌手だからね、イタリア語はかなりできる。オペラの本場でもあるし、いまはイタリア暮らしを楽しんでるみたいだよ」

やっぱり社長の一族。優雅さがふつうとはちがう。

「歌手だったころから、母は海外に行くことが多かったんだ。海外公演とか、向こうの楽団から招かれて、とか。それで、家を空けることが多かったから、僕はよく祖父母の家に預けられてたんだ。一年の半分くらいは祖父母の家にいた」

空が夕焼けで赤くなってきていた。日本橋のビルも夕日に照らされ、色づいている。

髙子もここでこんな風景を見ていたのだろうか。ふとそんなことを思った。

「祖母の実家は和紙の製造元だった」

「はい、柳田さんから聞きました」

「商売相手の紙屋である藤崎家に嫁いできたんだよね。取引先にも顔がきくから、祖母も行事のときには必ず顔を出してた。そのころには藤崎産業もかなり大きくなっていたから、けっこう行事や接待があったんだ。そういうときは僕も連れていかれて……。正装させられて、端の方に座らされてたよ」

藤崎さんは、うーん、と伸びをした。

「それ以外の日は、たいてい祖母とふたり。祖父は社長で忙しいからね。夜や休日もほとんど家にいない。それで、祖母の部屋にある紙でよく遊んでた」

薫子さんと紙で……。それで藤崎さんは和紙にくわしくなったのか。

「子どもたちもみんな結婚して家を出て、祖母も少し余裕ができてたんだろう。そのころは付き合い半分、趣味半分で、各地の和紙の製造元をめぐって、和紙を集めていたんだよ。だから祖母の部屋にはいろんな産地の和紙が山のようにあった。それを見てるうちに、名前を覚えるようになった。ほかの子が電車や飛行機の名前を覚えてるときに、僕は和紙の名前を覚えてた」

藤崎さんは少し笑った。

「ちょっと変わった子どもだよね。小さいころって意味のないものでも記憶できるんだな。記憶すること自体が楽しい。それで夢中になった」

「そうだったんですね」

「祖母は紙漉きの工場で育ったようなものだから、現場の技術のことはなんでも知ってた。それでいろいろ教わったよ。見たことのない紙漉きの現場を想像して、いつか行ってみたいと思ってた」

藤崎さんがつぶやく。

「祖母がどれだけ和紙を大切にしているか、ちゃんとわかっていたつもりだったんだ。だから大学でも美術品の修復を学んだんだよ。古い絵画の修復には和紙を使うんだ。そのまま学芸員になって博物館に就職することも考えたけど、親に言われて藤崎産業に就職した。もう和紙の部門がないって知ってたし、会社で働くのがどういうことかわかってたつもりだったけどね、やっぱり向かなかったみたいだ」

空をながめ、大きくため息をついた。

「それで記念館にまわされた。たぶん祖母の差し金だろう。競争から逃れられて正直ほっとした。記念館には客はあまり来なかったけど、前任の徳山さんの顧客がたくさんいたからね。口伝てにいろんな人が来て、いろいろ面白い仕事もできた。でも……。景気がよかったころはそれでよかったのかもしれないけど、いまはそういうわけにもいかない。なにかしなくちゃいけないってことは、わかってたんだ」

ビアガーデンはバーベキューをする人たちでにぎわっている。高子名残の象の形の建物、笠森稲荷の横を抜け、噴水やローズガーデンのあるエリアに出た。小さな日本庭園や七福殿もあった。

「吉野雪彦さんの本は、祖母の本棚にあったんだ。祖母は吉野さんの作品が大好きでね、『紙はむかしから強い力を宿すものだった』という言葉をいたく気に入って、僕にも何度もそう言っていた」

「そうだったんですか」

あの薫子さんが父の本を読んでいた。薫子さんのおだやかな顔を思い出し、なんだか不思議な気持ちになる。

「父も紙が好きだったんですよ」

母の話を思い出し、そう言った。

「結局作家になったんですけど、最初は手帳屋さんになりたかったんだそうです」

「手帳屋さん？」

藤崎さんが目を丸くした。

「ずっと本が好きで……。本をたくさん持ってました。もちろん内容もありますけど、本というもの自体、紙自体への愛があったんじゃないかと思うんです」

「紙自体への愛、か」

藤崎さんがつぶやく。

「子どものころ、よくいっしょにノートを作ったんですよ」

「ノート？」

「ええ。父は書き損じの原稿用紙を束ねてノートを作るのが好きだったんです。紙をくしゃくしゃぽいって捨てるのは好きじゃなくて、書き損じた紙は全部取っておいて、あとで束ねてノートにしてました」

「ってことは、原稿の一部もそのまま?」

「そうです。表は白、裏は原稿用紙でときどき文字が書かれてるところもある、そんなノートです。父は、自分がむかし書いた言葉の断片を見てあたらしいことを思いつくこともある、って言ってました」

「そのノート、見てみたかったな」

　藤崎さんが言った。

「いまでもあるかもしれません。引っ越すときにかなり処分しましたけど、母がいくつかは残していると思うので」

「そうか」

　あの書庫の一画には父の身のまわりのものを納めた棚が置かれている。母はときどきひとりでその棚の前に座り、なかのものを取り出してながめている。そういうときは部屋にはいらないし、声もかけないけれど。

　父と母は十五歳も離れている。母が出会ったとき、父はもう作家だった。だから作家の父しか知らない。母の話では、父はふだんおそろしく無口だったらしい。作家だからたくさんしゃべりそうな気がするけれど、ほとんど口を開かない。

——頭にある言葉は、全部原稿用紙に吸いこまれちゃってたんじゃないかな。

いつだったか、母は笑ってそう言っていた。

——何年もいっしょに住んでたけど、お父さんの気持ちを聞いたことがない。お父さんのことは、全部お父さんの書いた本で知ったような気がする。ふだんの会話より、その方がずっとわかるんだもの。

母は最初、父の担当編集者だった。父の本をだれよりも先に読める。それが喜びだった、と言っていた。

だから、父と母の会話はたぶんいまも続いている。あの書庫のなかで。

「あ、そうだ。実は一冊持ってきたんですよ。『いろいろ紙ノート』を」

思い出して、カバンに手を入れる。

「『いろいろ紙ノート』?」

「父とそう呼んでたんです。父の原稿用紙のノートを見て、わたしもノートを作りたがったんですよね、それで、父と作るようになったんです。包装紙とか、裏が白いチラシとか使って。同じ大きさに切りそろえて、ふたつ折りにしてホチキスで留めるだけなんですけど」

昨日作った和紙のノートといっしょに、父と作ったノートも一冊入れてきていた。包装紙を束ねたものだ。それを取り出し、藤崎さんに手渡す。

「これです」

「これが……吉野雪彦さんと作ったノート……」

藤崎さんがぼうっとノートを見つめる。ぱらぱらとめくり、手のひらでそっと撫でた。

「こういうの……。僕も祖母と作った」

ノートを見つめたままぼそっとつぶやいた。

「薫子さんと？」

「そう。余り紙を使って作った。祖母が糸で和綴じにしてくれて。あれは、買ってきたノートとは全然ちがう、特別なノートだった」

藤崎さんが記憶をたどるように目を閉じる。

「ここになにか書きたい、なにを書こう、って、どんどん夢が広がって……。だけど」

そこまで言って口ごもる。

「なにも書けなかったんですか」

わたしは訊いた。

「そう。なんでわかった？」

藤崎さんがわたしを見る。

「わたしもなんです。あれも書きたい、これも書きたい、って夢ばっかふくらんで。でも紙を汚すのが怖くて、きれいに書ける自信がなくて、それでずっとなにも書かないいま……。このノートだって、まっさらなままとってあったんです」

「そうか」

「だけど、これを持ってるといつかなにか書ける気がして」

そうだった。あのころは、いつか父のような作家になりたかった。自分で物語を作って、このノートを埋めたかった。まだひらがなくらいしか書けないくせに、物語を作りたかった。

いまも。いつかなにか書きたい、と思っている。いまは漢字もいろいろな表現も覚えた。だけど、書く中身がない。なにを書けばいいのかわからない。わたしが文具が好きなのも、もともとは魔法の道具があればなにか書けると思ったからかも……。

「昨日もひとつ作ったんです。母といっしょに」

和紙のノートを取り出し、藤崎さんの前に差し出した。

「これは……」

「いただいた余り紙で作ったんです。母が糸で綴じてくれました」

藤崎さんはノートを手に取る。中を見たとたん、目がぱっと見開いた。

「細川紙、本美濃紙、越前和紙、石州半紙……」

ページをめくりながら唱えるように言った。

「きれいだな」

ほうっと息をつき、つぶやいた。そのままじっと黙っている。

「なんだかなつかしくて、涙が出る」

藤崎さんの声が揺れ、目から涙が伝った。

この人は、ほんとに紙が好きなんだ。紙といっしょに生きてきて、紙を愛している。

そう気づいて、心がふるえた。

「なんでだろうな。こうやってだれかの手で作られたものは、いつだって……。小さくても、切れ端でも、あたたかい」

わたしもつられて泣きそうになる。

「このままいけば、和紙は高級な工芸品になってしまうだろう。印刷では洋紙に勝てないし、障子や襖だってなくなっていく。作れる場所も、作れる人も減って、いつかは消えてしまうかもしれない」

藤崎さんは言った。

「それが世の中の流れなら仕方がないことなんだよなあ。だけど、これがここにあったことを覚えておいてほしい、って思ってしまう。だって、いまここにあるんだから」

この紙もこの紙も、どれもだれかが手で漉いたもの。あの靄のような水のなかで、簀桁を振って作ったもの。

木を伐採し、蒸して皮を剝ぎ、水にさらして何度も何度も塵を取って、叩いて……。

藤崎さんの写真を思い出しながら、そういう過程もいつか見てみたい、と思った。

「こういうものならいいのかもしれないな」

藤崎さんがぼそっと言った。

「こういうもの、って……？」

「紙こもの市の商品だよ。いろいろな和紙を集めた『いろいろ紙ノート』。産地や名前を書いておけば、見本帳にもなる」

「見本帳……」

たしかにその通りだ。

「見本帳があれば、初心者の役にも立つだろう。ほら、お昼に来たあの母娘みたいにさ。見本帳なら持ち帰って家で見ることもできる。何度も見ていれば、自然に和紙にもくわしくなる。僕だってそうだよ。くりかえしくりかえし何度も見ていたから覚えた」

紙こもの市にまた新商品を出すことができる。

「もちろんノートとして使ってもいい。ふつうのノートみたいに紙質が均一じゃない。厚い紙もあれば透ける紙もある。そんな使いにくいノート、逆に新鮮じゃないか」

藤崎さんが笑った。

「展示替えもしよう。説明板だけじゃなくて、タブレットの導入も検討するし、和紙を一望できるような展示の仕方も考えてみる」

「ほんとですか？」

「記念館にある紙を眠らせたままにしておくわけにはいかないからね」

だれの目にも触れないままでは、紙もさびしいだろう。

藤崎さんも。

「わたし、水曜日の午後は大学の授業、ないんです。だから、水曜も来てもいいですか」

「紙こもの市の商品作りもあるし、展示替えもあるし、ちょっと忙しくなるからな。それも祖母に掛け合ってみる」

「ありがとうございます」

わたしにもできることがある。そのことがうれしかった。

「ただし、条件がある」

藤崎さんが少し渋い顔になる。

「なんでしょうか」

ちょっと身構えながら訊いた。

「お茶は淹れなくていい」

「え？」

「お茶汲みとして雇ったわけじゃ、ないんだ。お茶を淹れて仕事をした気になられても困るし……。君の仕事は別にある」

お茶を淹れて仕事をした気になられても困る？　この人は、なんかひとこと余計なんだよな。ちょっと笑いそうになってこらえた。

「わかりました」

「そのかわり、お茶の淹れ方を教えてほしい」

「え？」

「君の淹れたお茶はおいしかった。祖母の淹れたお茶と同じだ。いい香りがして、苦みがない。だが、僕が淹れてもああいうふうにならない。だから、教えてくれ。そしたら、自分で淹れるから」

「いえ、わたしもたいしたことはしてないんです。あんまり自分でお茶淹れたこともなくて、翠さんや叔母の言ってたことを守っただけで……」

あわてて両手を横に振った。

「そうなのか」

「ええ。お湯を沸かしたあと、湯冷ましに入れて……」

「湯冷まし？　それはなんだ？」

藤崎さんが途中で口を挟む。

「あの棚にあるお盆の上にのってるじゃないですか。急須や湯吞みといっしょに」

「急須や湯吞みといっしょに？　ああ、あの注ぎ口がついた大きいやつか」

「そうです。あれに一度お湯を入れて、ちょっと冷まして……。緑茶を淹れるときは温度が低い方がいいので、さらにお湯を湯吞みに移して冷まして……。いえ、それが正しい淹れ方かはよくわからないですけど」

「温度が低い方がいいのか？」

藤崎さんがぎょっとしたような顔になる。

「紅茶とは違うのか。沸騰したお湯じゃなきゃいけないのかと……」

「紅茶はそうですけど、緑茶はちがうみたいですよ。理由はわかりませんけど」

わたしがそう言うと、藤崎さんは、ショックを受けたようだった。

「世の中、知らないことばっかりだな」

しばらくして、藤崎さんが言った。

「そうですね」

わたしはうなずいた。

「あの大きいやつ、そうやって使うものだったのか」

藤崎さんは真顔でつぶやいている。

「そうだ、それから……」

思い出したように言って、藤崎さんはカバンに手を入れた。

「今朝できあがったんだ。さっき渡そうと思ったんだが……」

分厚いファイルを差し出す。

「これは……？」

「記念館のマニュアルだ。収蔵品の一覧と簡単な解説を書いておいた。作るのに時間がかかってしまって……。これを読めば収蔵品のことがわかる」

ファイルを受け取り、めくる。びっしりと紙についての説明が書かれている。藤崎さん、仕事の合間にこれを作ってくれてたのか。

「口だけでざっと説明するのは性に合わない。だから文書にまとめることにした。これさえ読めば大丈夫なようにしたつもりだった。でも……」

そこまで言って、ちょっと笑った。

「まだ不十分だな。さっきいっしょにパネルを作っていてわかった。このファイルは文字ばかりでわかりにくいし、説明しきれてないことも山のようにある」

「いえ、そんなことは……」

「いや、そうなんだ。君の言ってた通りだ。だから、これからもっといいものを作ろう。だれにでも和紙の魅力が伝わるようなものを」

「そうですね。わたし、思うんです。和紙はすごいって。和紙を作る技術は人ひとりの人生よりずっと長いあいだ伝えられてきたものなんです。みんな知らないだけで、だれだって目にしたらきっと、すごいと感じる」

「そうだな。僕たちはただそれを人々に知らせればいいだけ」

藤崎さんがゆっくりうなずく。

いつのまにか空は暗くなっていて、いくつか星が見えた。

高子もこんな空を見たのだろうか。高子がいたころはまだ東京の夜もそんなにあかるくなくて、少しは星も見えたのかもしれない。

高い塔の上にいるような孤独。父も、小説のようにここで一夜を明かしたことがあるのだろうか。それともあれは作り話だろうか。

——お父さん。

心のなかで語りかける。「いろいろ紙ノート」が商品になるよ。そしたら、手帳屋さんになりたかったお父さんの夢、ちょっとだけかなえたことになるかな。

藤崎さんの作ってくれたファイルを胸に抱いて、記念館のためにがんばってみよう、と思った。

本書は、書き下ろしです。
この作品はフィクションです。実在の人物、団体等とは一切関係ありません。

紙屋ふじさき記念館

麻の葉のカード

ほしおさなえ

令和2年 2月25日 初版発行
令和6年 11月25日 9版発行

発行者●山下直久

発行●株式会社KADOKAWA
〒102-8177 東京都千代田区富士見2-13-3
電話 0570-002-301（ナビダイヤル）

角川文庫 22045

印刷所●株式会社KADOKAWA
製本所●株式会社KADOKAWA

表紙画●和田三造

ISBN 978-4-04-108752-7 C0193

◆◇◇

角川文庫発刊に際して

角川源義

第二次世界大戦の敗北は、軍事力の敗北であった以上に、私たちの若い文化力の敗退であった。私たちの文化が戦争に対して如何に無力であり、単なるあだ花に過ぎなかったかを、私たちは身を以て体験し痛感した。西洋近代文化の摂取にとって、明治以後八十年の歳月は決して短かすぎたとは言えない。にもかかわらず、近代文化の伝統を確立し、自由な批判と柔軟な良識に富む文化層として自らを形成することに私たちは失敗して来た。そしてこれは、各層への文化の普及滲透を任務とする出版人の責任でもあった。

一九四五年以来、私たちは再び振出しに戻り、第一歩から踏み出すことを余儀なくされた。これは大きな不幸ではあるが、反面、これまでの混沌・未熟・歪曲の中にあった我が国の文化に秩序と確たる基礎を齎らすためには絶好の機会でもある。角川書店は、このような祖国の文化的危機にあたり、微力をも顧みず再建の礎石たるべき抱負と決意とをもって出発したが、ここに創立以来の念願を果すべく角川文庫を発刊する。これまで刊行されたあらゆる全集叢書文庫類の長所と短所とを検討し、古今東西の不朽の典籍を、良心的編集のもとに、廉価に、そして書架にふさわしい美本として、多くのひとびとに提供しようとする。しかし私たちは徒らに百科全書的な知識のジレッタントを作ることを目的とせず、あくまで祖国の文化に秩序と再建への道を示し、この文庫を角川書店の栄ある事業として、今後永久に継続発展せしめ、学芸と教養との殿堂として大成せんことを期したい。多くの読書子の愛情ある忠言と支持とによって、この希望と抱負とを完遂せしめられんことを願う。

一九四九年五月三日